大展好書 好書大展

大展好書 好書大展

青春天地

33

偵探推理遊戲

小毛驢／編譯

大展出版社有限公司
DAH-JAAN PUBLISHING CO., LTD.

序言

翻開報章雜誌經常可看到猜謎的專欄，謎題的形式五花八門，我想不少人曾經爲了解開謎底而大傷腦筋吧。

不過，多數的謎題都是以「常識」爲對象。多半只要仔細查字典、閱讀報紙即可迎刃而解。

然而本書所網羅的名偵探、尋找犯人、推理謎題等和這類死記死背的謎題完全不同。希望各位能從自己周遭所熟悉的事物中獲得暗示，從中運用您的想像與推理能力找到解答。

來吧！請各位動動您的大腦、發揮您的推理能力吧！這會使您的知識與推理能力大爲增長喔！

目錄

第二章　尋找犯人的謎題

第 1 章

名偵探謎題

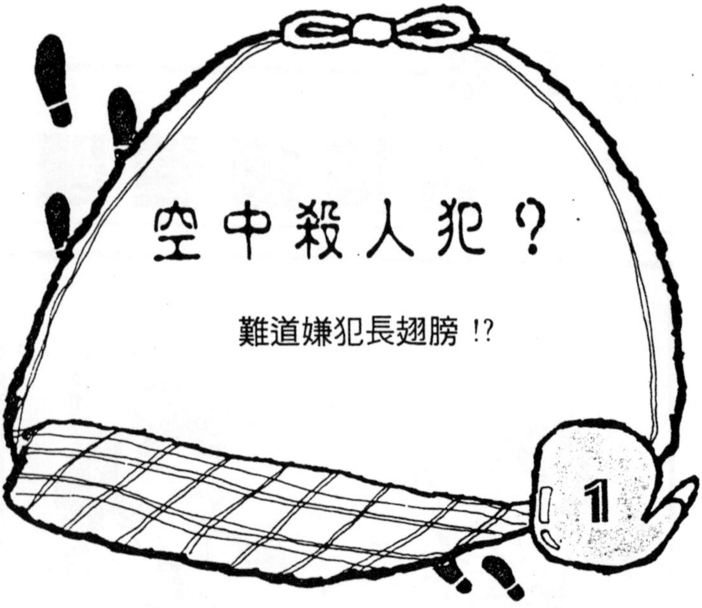

樹立獨具一格的眞梨式美容體操的眞梨小姐目前已成爲媒體界的大紅人。所謂樹大招風，有人對她因盛名而趾高氣揚的樣子大爲不滿，而顧用殺手把眞梨小姐殺害。

行兇現場是在眞梨小姐所住的大廈陽台，眞梨小姐穿著韻律裝躺臥在地，來福槍的彈孔從肩膀穿過胸膛。從這個情況看來，狙擊者是由上往下射擊，但是令處理此案的黃警官百思不解的是，現場在那棟大廈的最上層八樓。而調查四周位於來福槍射程距離內的所有大廈，全都是六、七樓高而已，並沒有比該大廈的八樓更高的大廈。

同時，在行兇推定時間內附近也沒有直升機或飛機通過。「嗯，難道嫌犯長著翅膀。啊！對了！不可用常識來考慮這個問題。」黃警官已恍然大悟。

黃警官似乎已經解開其中的謎底。各位讀者您已經明白了嗎？

答1

狙擊者並非千奇百怪的人物，也沒有運用任何技巧，只不過在射擊時眞梨小姐正倒立著做美容體操。若是這個狀況即使是從附近的大廈開槍射擊，槍彈也會從肩（上）穿過胸膛（下）。

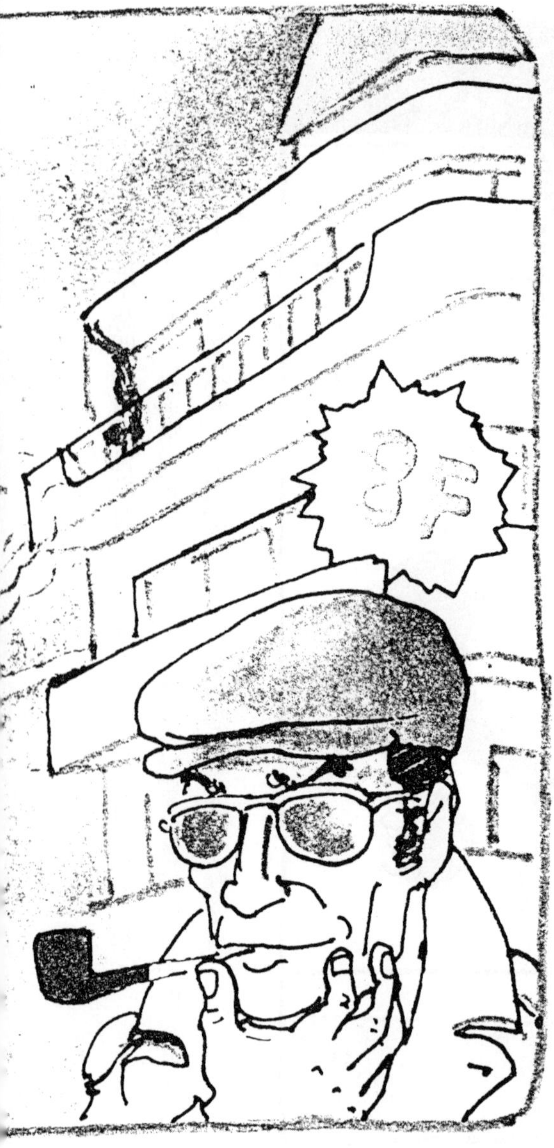

雪娘殺人事件！

印在白雪上的謎樣痕跡！雪娘的足跡？

一個大雪紛飛的寒冷夜晚。

某雜技團的招牌美人小銀被人發現躺臥在田埂中遭逢不幸，現場附近遍佈著白雪，除了被害者小銀和發現者吾作的足跡以外，沒有其他的痕跡。

趕到現場的平三老大和徒弟熊五郎立即進行搜查，結果除了足跡及彷彿滾過雪球的痕跡以外沒有任何發現。

圍在四周的好事者你一嘴我一語地說：「雪娘被殺了！」

平三老大爲了調查小銀的身份趕往座落於淺草的雜技團。根據雜技團的老闆所言，據說招牌美人小銀和滾雪球的小靜以及玩雜耍的小花三人爲了美男子新之助爭風吃醋。

小銀的死因是被人用刀子從背後割斷頸項，當平三老大環視著雜技團的道具時，突然拍手說：「我知道了！」

那麼，平三老大到底看到了什麼而知道嫌犯是誰呢？

答2

他是看見雪球的道具而知道小靜是嫌犯。針對小靜仔細調查後，小靜終於掩著臉招供了。原來她因爲憎惡小銀奪走了情敵而謊稱「新之助在入谷的茶館等候。」然後尾隨小銀身後在田埂處騎上雪球從背後殺害小銀。

3 完全犯罪被西北雨洞穿了！

西北雨看到了嫌犯……！

那一天下了一場十分鐘左右的西北雨。殺人案件就在這場驟雨內發生。

O氏把平日深惡痛絕的P氏引誘到河岸而給予殺害。然後一臉若無其事的樣子，搭上停在附近的自用車趕回家中，不在場證明也做得無懈可擊。O氏自負這是件成功的完全犯罪。

但是，行兇後不到一個鐘頭，刑警們開著警車到O氏的家裡拜訪。

刑警：「是的。一名路過的主婦看見一輛從現場離去的車子和你的似乎非常相似。」

O氏：「怎麼可能！和那種車子一樣88的不知有幾萬輛啊，而且今天一整天我都在家裡，又沒搭車外出。」

刑警：「是嗎？那麼能不能讓我看你的車子？」

刑警說著來到庭院，一眼就洞穿O氏的謊言。不愧是名刑警，不過，他何以能立即洞穿O氏的謊言呢？

第一章　名偵探謎題

請做左頁的謎題！

答3

刑警突然想起剛才所下的西北雨而探頭看了車子底下。車下的地面一片潮濕。

換言之，車子並非一直停在那裡。刑警的口頭禪是：世界上根本沒有所謂的完全犯罪啊！

西北雨

西北雨也稱爲秋雨，是指突然下起又隨即停止的雨。夏天傍晚的驟雨或雷雨是其代表。另外．寒流通過時也可能發生這種現象。

不過，隨著雨雲的動態，有些地方會下驟雨，而有些地方則不下。

當各位回家途中不巧碰到驟雨時，如果手邊沒有雨傘也不必慌張地奔跑，不妨找一處可以歇雨的地方觀察雨雲的動向，靜靜等候隨即雨過天晴了。

〈小常識〉

如果手邊沒有帶傘又碰到驟雨時，下面那一種方式比較不會被雨淋濕？

①用力往前衝。

②大搖大擺地慢步往前走。

③不用跑卻快步疾行。

答／③

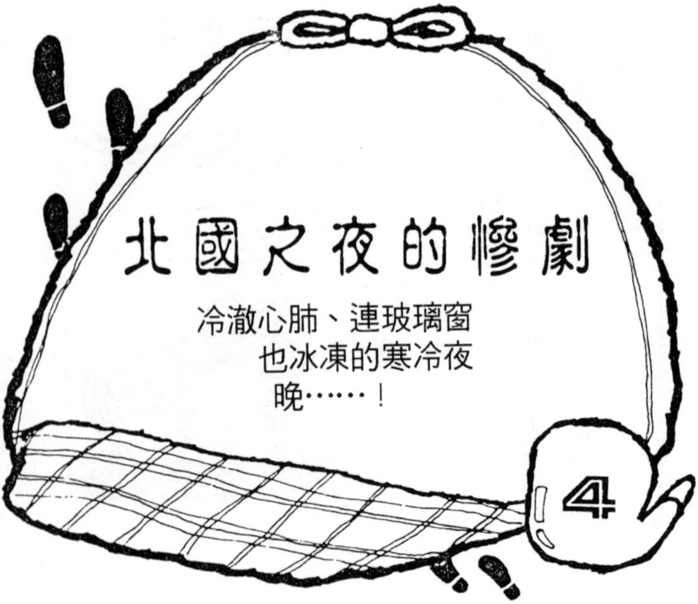
北國之夜的慘劇
冷澈心肺、連玻璃窗
也冰凍的寒冷夜
晚……！
4

那是一個連北國也難得一見的冰冷夜晚。某村落首屈一指的富翁山田先生在大廳被人槍擊身亡。

除了派出所的刑警，連縣警也前來支援，佈下嚴密的搜查陣網。當然，那著名的黃警官也參與此次的案件搜查。

不久，出現一名有力的目擊者。他是住在山田先生隔壁的一名老人，以下是自稱感冒躺臥在床上的那位老人和黃警官之間的對話。

警官：「喔，槍聲響起時你看到窗外有一個男人的影子？」

老人：「是……，我在床上坐起身

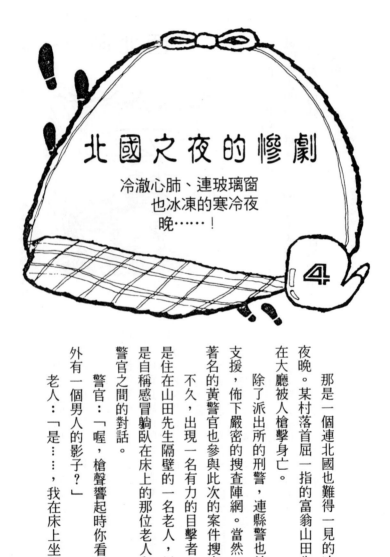

來，所以只瞥了一眼，不過，確實是個男人。他穿著鮮豔的套頭毛衣，頭上帶著毛線帽。」

警官：「老先生，不可以說謊哦。殺害山田先生的該不會是你吧！您曾經向山田先生借款，結果田地被拿去當抵押，一定懷恨在心。」

結果，眞正的兇手就是這個老人。那麼，黃警官如何洞穿老人證詞中的謊言？各位，您知道嗎？

答4

擺在窗口旁邊的火爐上的水壺冒著熱氣，窗外冷得澈骨。火爐上水壺所冒出的蒸氣應該會使窗口模糊而無法看見外面的景況。當然，如果用手擦拭玻璃就可看得一清二楚。不過，老人證言說自己從未離開床鋪，黃警官當然察覺其中的矛盾。

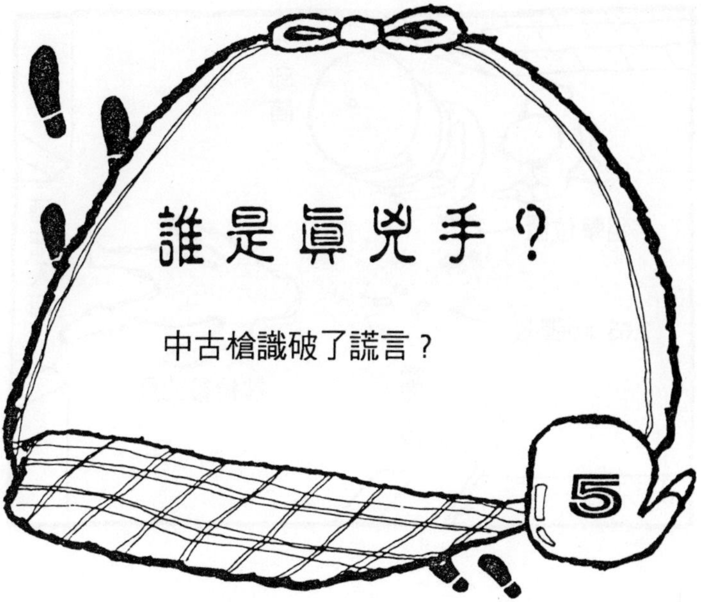

誰是眞兇手？

中古槍識破了謊言？

5

卡波尼幫派和迪林賈家族爲了勢力範圍之爭激烈地對抗。

有一天晚上，卡波尼幫派的老大被迪林賈家族所唆使的殺手射殺身亡。

案發後不久，一名自稱是兇手的男人帶著做爲兇器的手槍向警方自首。

經過鑑識的結果，手槍的確是兇槍。

「那麼，是用華爾沙・4號型射殺的囉？」進行調查的刑警這麼問。

「是啊，那傢伙正得意洋洋從酒吧出來的時候，我開了二、三槍就把他幹掉了！」

「是從什麼地方射擊的呢？躲著嗎

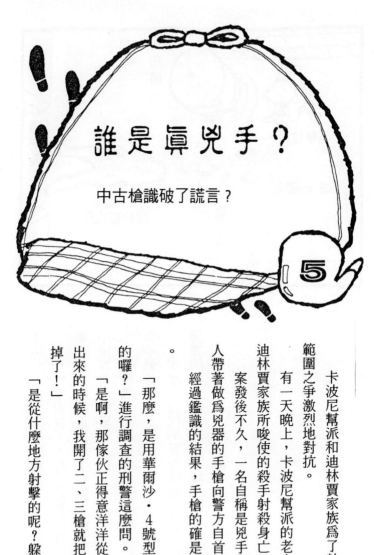

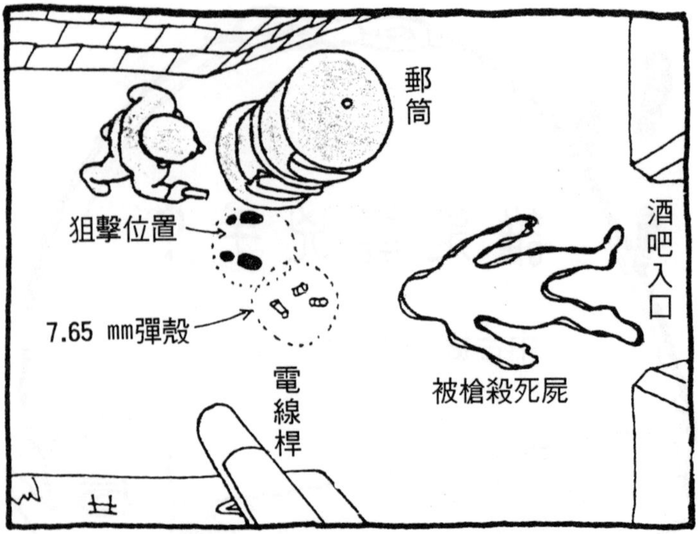

？」

「別小看我了，我是從郵筒背後跳出來往那傢伙的正面開了幾槍。我才不會膽小地從背後狙擊呢。」

「說謊！你是出面頂罪的人。眞正的兇手到底是誰！」

那麼，這位刑警何以知道這個人是代頂罪的呢？現場的狀況如上圖所示……。

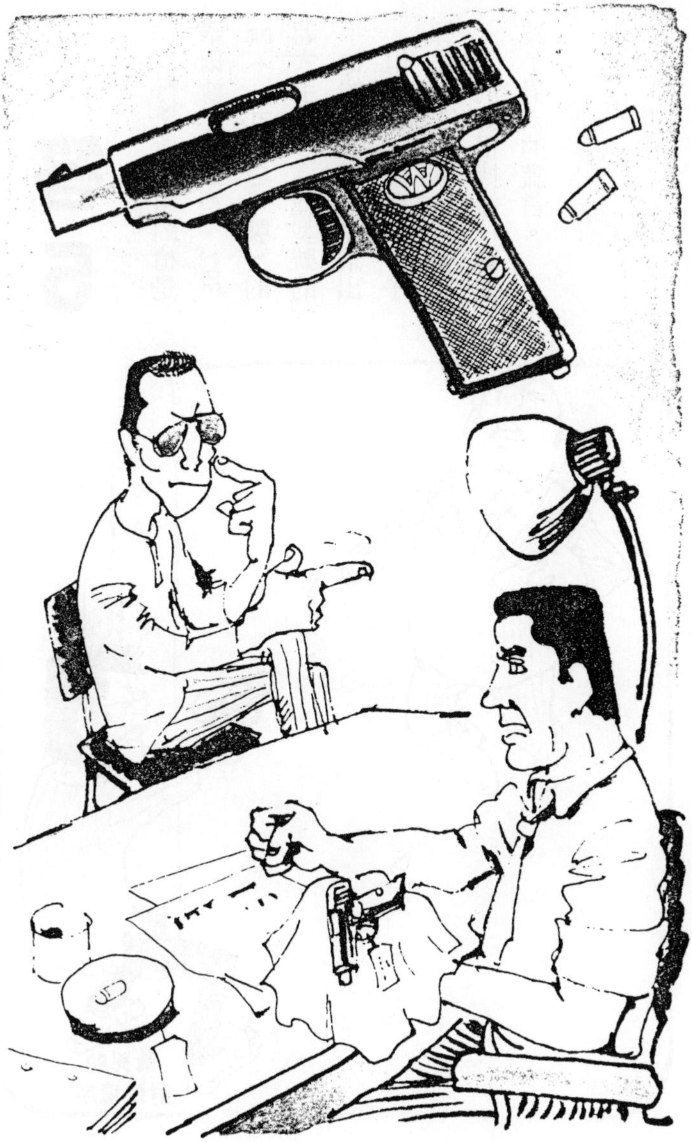

答5

行兇所使用的槍是華爾沙・4號型、7.65mm（一九一〇年製）的老式手槍。這種型號的手槍的彈殼從左側飛出。但是，如圖所示，子彈是射在男人的右側。

刑警根據這一點識破了男人的謊言。

不在場證明動了手腳!?

黑道中的暴力幫派
到底還是最愛旁門走道。

傳聞關西派的廣域暴力團加保根組的大幹部吉良已前來東京，東京的警察個個枕戈待旦已備好防衛的架式。

果然在吉良上京的數天後，七月某日下午5時20分，發生了東京鬼死目幫派的事務所被人爆破的事件。

警方於是立即調問吉良。

「你們懷疑是我幹的嗎？那一天我和幫派裡的幾個年輕人到處到東京的風景名勝拍照呢。我想既然來到東京，也拍個照做紀念。」

吉良說著從口袋裡掏出幾張照片給警方看。

「原來如此，但是這些照片並無法

證實在案發的當時你並不在場啊……！」

「說什麼！仔細看這個照片啊，裡面不但有我，連時鐘也一併拍進去了。」

吉良所指的照片中的確有一個指著和爆破時間相差無幾的時鐘和吉良的個人照。爆破現場和拍攝場所之間即使飛車前往也要花一個鐘頭，如果吉良參與爆破案件，不可能在同樣的時間回到拍攝場所。

從另一張照片已證明拍攝的日期正是爆破的當天。同時，吉良對當天街上的情況也非常清楚，所以，吉良的不在場證明幾乎無懈可擊。

「既然證據不足我可以回家了吧！」

吉良站起身來時，一直保持沉默的黃警官說：

「可不要小看我們當警察的，這一點計謀算得了什麼！」說著拿起桌上一張照片。那麼，我們這位大名鼎鼎的警官是怎麼洞穿照片中的計謀呢？

答 6

事實上拍攝著吉良和時鐘的照片是由裡側沖洗的。黃警官是發現左邊那戶人家的門顯得有些不自然而洞穿其中的計謀。

換言之，一般左右拉開的門的門把是在右側，照片中卻變成在外側。請確認一下各位家裡的拉門吧……。

詭計照片

所謂詭計照片是利用各種設計使照片上呈現彷彿實景一樣的畫面。如果懂得在照片中動點手腳，您也可拍出驚人的UFO的照片。

UFO照片製作法

在距離十公尺左右的地方用竹竿綁著尼龍繩，在尼龍繩的前端吊著一個煙灰缸。接著，把照相機的距離調成無限大，亮度則配合該場所的光度，快門速度以十五秒分之一拍攝。

當然，以屋外的風景爲背景，注意不要讓煙灰缸和附近的建築物重疊。同時，也可以不用煙灰缸而使用自己所做的模型做UFO。

〈小常識〉

UFO到底是什麼？

①太空人的交通工具，尤其是指金星人。

②是種幻覺或是地球上某種物體的錯覺。

③尚未確認（Unidentified）的飛行（Flying）物體（Object）。

答／③

水滴知道一切！

壞事無法付諸流水…!!

雅慧計劃謀殺病重的丈夫以領取鉅額的保險金，某天早上九點她終於斷然地實行謀殺親夫的計劃。

然後一臉無所謂的表情外出，到了中午回家時謊稱發現丈夫的屍體而向警方報案。

「哦，你是昨天傍晚外出住宿在朋友家裡囉？」警官問雅慧。

「是的，因爲工作的關係無法回家，今天回來的時候才發現這個悲劇。」

「你的朋友也證實了妳的不在場證明，不過，這間房子的景況和妳昨天外出時有什麼不一樣的地方嗎？」

「沒有，沒有！並沒有什麼改變！」

「廚房的水龍頭漏水了……」

「是的，也許是鎖頭舊了的關係，即使用力鎖緊也會漏水。所以，爲了避免浪費，我在水龍頭底下放一個臉盆盛水才外出。」

「原來如此，妳的先生平常會做料理嗎？」

「不，從來不做。」

數個鐘頭後，警官拆穿了雅慧的不在場證明。爲什麼呢？

答7

警官是利用水龍頭的滴水狀況，測量滴在容器裡的水的時間。

雅慧說外出時在水龍頭下放盛水的容器，不過，如果是昨天晚上容器就放在水龍頭下面，容器內所積存的水以時間來估計是太少了。

死亡的
第一發殺球！
死亡的陰影籠罩在世界比賽中……！
8

在國立室內競技場上正要舉行WPA世界桌球選手權準決賽。

日本代表貓柳選手擊出一個猛烈的殺球，而掀開激烈的戰火。

眾所期許的貓柳選手是否可以奪得金牌？當場內的氣氛因賽程的緊湊而漸趨高昂時，貓柳選手突然抱著胸口躺臥在地板上。

大會醫生趕緊跑上前來檢查貓柳選手的狀況，然而貓柳選手早已死亡。診斷結果是急性心肌梗塞。

在喧嘩的觀眾席上跳出一名男子，那名男子是黃警官，他也是前來觀賞這場熱戰。黃警官指示將貓柳選手的遺體搬到休息室後說：

「把所有和貓柳選手有關的人叫進來。」

在休息室開始檢查貓柳選手遺體的黃警官說：「果然是利用劇毒而佯裝心臟麻痺的手法。」

聚集在休息室的有關人士是貓柳選手的教練、用具配備員以及經理。黃警官看著在場的三人後指著其中一人說：

「你是被某人指使在賽程中殺貓柳選手吧。眞虧你想得出如此巧妙的計謀！」

「爲什麼？爲什麼說是我幹的呢？」

那名男子拼命地爲自己辯解。但是，當黃警官把證物推到他的面前時立即臉色大變，終於具實地招了供，而被在場的刑事組員以殺人嫌疑犯逮捕。

黃警官是怎麼看穿犯人的巧妙計謀呢？同時，那個兇手到底是誰？

各位您是否知道黃警官的推理呢？

教練
用具配備員
經理

答8

　兇手是用具配備員。他利用工作上的方便在貓柳選手右腳球鞋的鞋尖埋了一支沾有毒藥的針。

　當貓柳選手殺球的時候，身體重心移到右腳尖上，結果埋在鞋底的針就刺上來。若以一般的步行方式不會使針凸出來，因此，在賽前貓柳選手毫無所覺。

桌球

桌球也稱桌上網球或乒乓球。在桌上的中央架一個球網，兩名或四名選手用球拍（木製）互擊乒乓球的競技。

近代桌球是起源於一八七〇年左右的英國，到了一八九八年假象牙製的乒乓球問世之後才急速地發展。接著，一九〇二年有人想出利用橡皮製造乒乓球，桌球運動即在全世界推廣。

目前世界級的桌球強國分成兩股勢力，一方是中國、日本、韓國的亞洲勢力，另一方則是英國、法國、匈牙利、捷克的歐洲勢力。雙方反覆爭奪世界級的桌球王寶座。

〈小常識〉

世界桌球比賽是每隔幾年舉行？

①每隔一年。

②每隔二年。

③每隔三年。

答／①

遺留下來的訊號是V

殺人事件的訊號？

某天清晨，「ERRORS」棒球隊的投手在一個郊外的球場被殺身亡。發現者是跟在被害者後頭第二個來到球場的「ERRORS」的游擊手。

不過，被殺害的投手似乎是在斷氣之前掙扎著在地面上寫下 VI 的文字而死去。

聞風趕到的全體球員在悲傷中對於投手對球隊的關懷大為感動。因為，「ERRORS」每年都落敗，從來沒有勝過一次。

但是，除了棒球之外，最喜好推理小說的球隊教練突然告訴大家說：

「眞是件可悲的事情，殺死他的人

就在我們這些人當中。」

那麼，教練的這番話和被殺者所留下的訊號V1到底意味著什麼？各位是否知道其中的玄機？

答9

V1並非VICTORY（優勝）1的意思，而是羅馬數字的Ⅵ（6）。6是指守備位置的游擊手，換言之，兇手是第一個發現屍體的游擊手。也許死者是擔心寫下6的數字會被兇手擦拭掉吧。

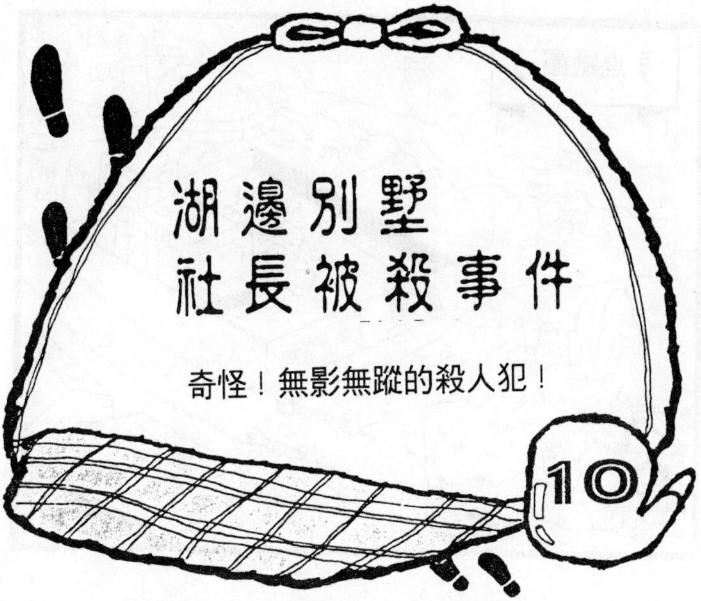

湖邊別墅社長被殺事件

奇怪！無影無蹤的殺人犯！

經營高利貸以謀取暴利的金融業社長石先生在夏天的某日被人發現暴斃在海邊的別墅裡。行兇現場是別墅的庭院，日光浴打扮的石先生似乎被某種鈍器打中頭部而仰倒在地。

但是，現場並沒有留下任何兇器，也沒有人聽到槍聲。不過，從石先生躺臥的地方朝圍牆的方向的沙地上留著拖拉著某種細小物品的痕跡。

別墅附近的鳥瞰圖如次頁所示。接獲通報的警察在附近搜查一陣之後，過濾出沒有不在場證明的三個嫌疑犯。

A的男子正打完高爾夫回家。

「我是到前面那個高爾夫球場打完

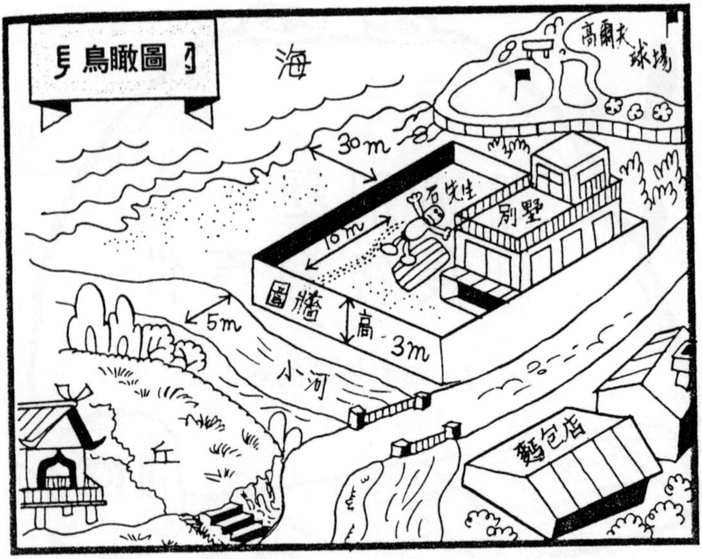

高爾夫回家，你說球桿是兇器？別開玩笑了，難道您說是高爾夫球所留下的痕跡嗎？」

B的男子打扮著釣魚師的模樣。

「我是前來釣魚的。這附近有一個最適合投釣的場所。」

C的男子穿著潛水服裝並帶著一把水槍。

「我潛入海底追逐魚隻，不在場證明？去問魚吧！」

陳警官從其中一人的服裝上的物品深入探討而破了案。您也可以解開這個謎底嗎？

答10

兇手是B的男子。投釣的魚夫不可能到草地上去。男人是從山丘上對準石先生依投釣的要領用釣垂撞擊石先生。

行兇後用捲輪拖回釣錘以掩滅證據。不過，卻無法消除拖拉的痕跡。同時，雖然把釣錘丟入海裡，卻忘了清除身上所沾上的雜草。

別墅

所謂別墅是指爲了避免燠熱或寒冷而在適合該條件的土地上所搭建的房子。據說日本的別墅是住在東京、橫濱等地的外國人在長野縣的輕井澤建立別墅而開始的。

日本的山間森林或有湖泊的地區、海邊等處都有個人或企業所擁有的別墅。而最近盛行開放給一般人租借的獨棟山間小屋別墅。

世界上著名的避暑勝地是南法的尼斯、坎城、摩納哥等地中海沿岸一帶。美國則以佛羅里達半島的邁阿密等聞名。

〈小常識〉

何謂夏天的林間學校？

①是模仿林肯所蓋的學校。

②是爲了增進健康並根據其他特別的教育計劃而在森林裡所搭建的教育設施。

答／②

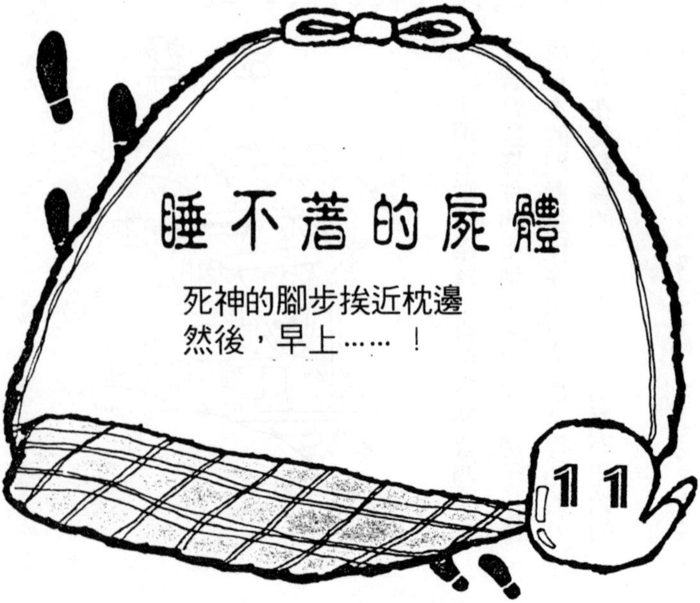
睡不著的屍體
死神的腳步挨近枕邊
然後，早上……！
11

田先生是初出茅蘆的上班族，最近因爲嚴重的失眠症而大傷腦筋。

今天早上也好不容易感到睡意卻已將近八點十分，於是趕緊飛奔到公司，差一點就遲到。

數天後，田先生在大清早被人發現暴斃在床上。死因是毒物中毒，枕邊留有遺書，可能是不耐失眠症之苦而自殺。

趕往現場的黃警官從房東的證言及周遭的狀況推斷似乎毫無疑問地是個「自殺」案件。

但是，接下來的瞬間……發生了一個令人可疑的事情。由於這件事重新再做調查。結果發現這宗案件頗有玄機。

另外，黃警官感到懷疑時，手錶的指針正指著七點五十分，這一點也記載在調查的項目中。

那麼，使黃警官產生疑問的瞬間所發生的到底是什麼事呢？

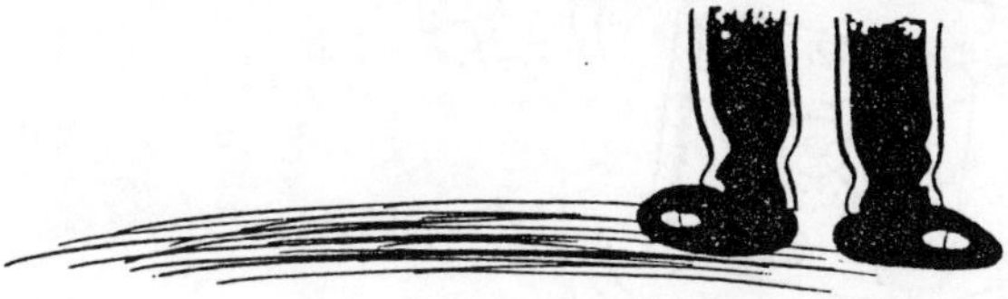

答 11

原來鬧鐘突然響起來了。田先生當天晚上也打算八點十分以前起床。

黃警官認爲自殺的人不可能在鬧鐘上定時。

昂貴洋酒的味道？

洋酒還是讓它躺放著才好……？

俞次郎的叔叔是吝嗇聞名的大富翁。不過，由於親戚只有俞次郎一人，偶而也會招待他。

有一天，俞次郎接受邀請到叔叔的家裡做客，叔叔從金庫裡取出年代久遠價格相當昂貴的洋酒，只倒了一些在玻璃杯裡給俞次郎。

喝完了杯裡些許的洋酒後叔叔非但不再添酒，連酒瓶也不讓俞次郎碰。因此，俞次郎拿著酒瓶栓在手上把弄之後才回家。

數天後，俞次郎被警方以殺害叔叔的關係者偵訊。據說叔叔當天早上喝了上回的洋酒後暴斃，警方調查的結果發現酒中含有毒。

「我怎麼可能是兇手呢？上一次他連酒瓶也不讓我碰一下，而且，我根本不知道如何開啓金庫的方法。洋酒一直擺在金庫裡，裡面的酒應該和上一次沒有兩樣，如果叔叔會死的話，我也應該死了。那是自殺啊！自殺……」

但是，在旁靜聽其辯解的黃警官嚴峻地說：「你還是招供了吧。我已經知道你動了什麼手腳，你的手段可眞高明！」

那麼，黃警官是用什麼樣的推理識破了俞次郎的詭計呢？

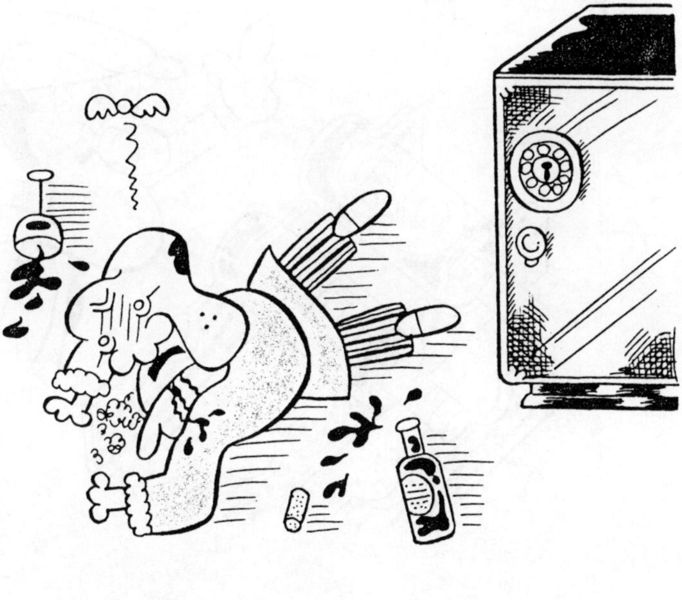

答 12

兇手是俞次郎。俞次郎被叔叔招待時，用事先準備好的毒藥塗在酒瓶栓上。保存洋酒一定是橫躺著放。這時瓶蓋上的毒自然會溶在酒內。

洋酒的保存法

所謂「WINE」是發酵酒的總稱，一般是指葡萄酒。WINE可分爲紅、白、桃色三種，據說肉類料理最好配紅酒，魚、貝類料理則適合飲用白酒。

洋酒瓶之所以橫躺著放，乃是因爲直立放著洋酒時，酒瓶栓因乾燥會凹陷，不久產生細縫使空氣進入會破壞酒的原味。洋酒的正統儲存法以地下的倉庫最理想。不過，只要選擇①陰涼的地方、②通風好的地方、③不會搖晃的地方、④周遭沒有強烈氣味的物品就行了。

〈小常識〉

爲何洋酒的瓶底做成凸形的底部呢？

①爲了使酒瓶看起來較大。

②爲了聚集洋酒的殘渣使其沉澱。

③外型好看、爲了安定。

答／②

金魚幽靈案件？

是失火、放火？還是幽靈？

喜好金魚的楊社長在社長室不但築了水槽還擺了金魚缸，成天看著金魚游泳的樣子爲樂。

某個星期六的下午，有一隻金魚死了。楊社長心想：「好可惜啊，把這個魚缸洗乾淨殺殺菌吧。」於是把金魚缸洗得一乾二淨，擺在日曬良好的地方後才回家。

隔天傍晚在自宅休息的社長接到連絡，聽說社長室起了小火災，地毯被燒焦了。

又隔一天，正在現場查證的社長室門口，社長以及星期六曾經進入社長室的人站著交談。

。

社長：「眞奇怪，我又不抽煙，我只是把金魚缸洗乾淨後回家而已。」

秘書：「社長回去之後，進入社長室的只有打掃的歐巴桑。」

歐巴桑：「我打掃房間時，喔，對了，我在空的金魚缸裡裝了水。」

聽到這番話的消防隊員說：「是嗎，我已經知道火災的原因了。」

那麼，這位消防隊員是怎麼知道失火的原因呢？

答13

出火的原因是裝了清水的金魚缸變成凹面鏡的作用，而燒毀了黑色的地毯。

由於金魚缸擺在日曬良好的地方，太陽光線透過金魚缸把焦點集中在黑色的地毯上而引起了小火災。

14 圖畫顏料的證明

請注意油畫顏料的容器…！

某大公司的高級主管吳先生被人殺害，搜查組趕往現場勘察。吳先生似乎是在畫油畫時被兇手襲擊，手中緊緊地握著黃色的顏料。

同時，現場有一幅塗上藍色底色尚未完成的圖畫，以及散落在地板上的顏料。

「爲什麼被害者會緊緊抓住黃色的顏料呢？」到現場勘察的倪警官嘟喃地說。

經過搜查的結果找出和吳先生結仇的三名男子。

嫌疑者蘇的證言：

「我還不至於恨得想要殺他啊！」

嫌疑者陸先生的證言：

「我已經忘了曾經和他發生過的不快，我怎麼可能殺他……」

嫌疑者游先生的證言：

「我雖然曾經想過要殺那個傢伙，但是我還不至於傻到當殺人犯啊！」

倪警官再度回到現場，一邊想著三人的證詞進行搜查。然後，突然注意到書架上的書籍。

「現代美術、日本繪畫……。美術叢書還眞多啊。色彩的美學……嗯，啊！」

手上拿著一本『色彩美學』的警官終於找到了答案。

那麼各位是否知道藍色的畫板和被害者手上拿著黃色顏料之間的謎嗎？而眞正的兇手是上述三位嫌疑者的那一位呢？

第一章　名偵探謎題

答 14

兇手是陸，藍色的畫板和黃色的顏料之謎是藍＋黃＝綠（諧音陸）。

吳先生在臨死之前從散落在地板上的顏料中抓住黃色顏料。因爲，若抓住綠色顏料恐怕被兇手察覺而被拿掉！

油畫

繪畫大致可區分爲油畫（油彩畫）及水彩畫兩種。

油畫也稱爲洋畫，是西洋所發明的技法。一般是把油畫顏料塗在畫板上再描繪，隨著描繪的技術、使用的色彩、畫風的傾向及畫家的表現法等，油畫隨著時代的變遷有相當顯著的變化。

被稱爲油畫完成者的范大克之後的技法是採取以淡描起畫再著色的畫法，儘量做接近自然的表現法。但是，十九世紀以後出現了塞尙等的印象派，根據色彩學的塞拉的分割描法及畢卡索的立體派，隨即又出現超現實主義技法等。

從原本把自然的景物描寫在畫板上的技法，改成著重於表現畫家內在的心象或思想上了。

〈小常識〉

二十世紀最偉大的畫家、畢卡索仍然活著嗎？

答／已不在人間。

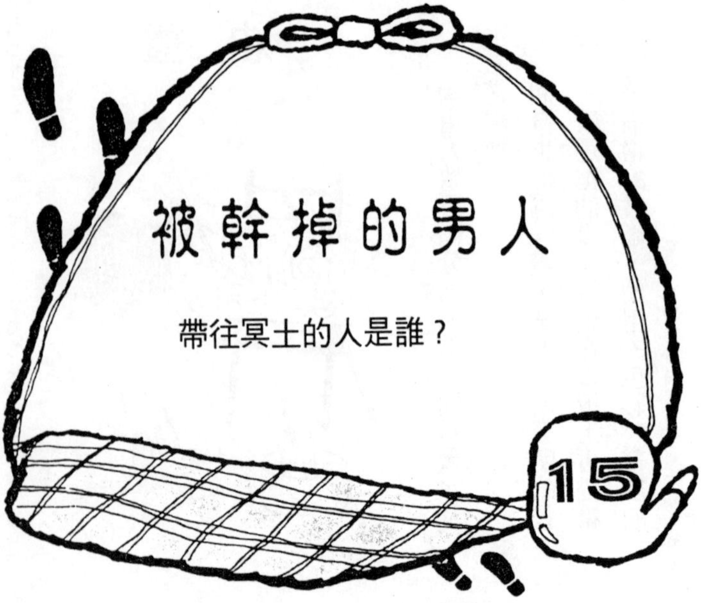

15 被幹掉的男人

帶往冥土的人是誰？

從嗎啡毒梟集團棄暗投明的S，在警方的保護下藏匿於佳尼德飯店的一室，並且開始向警方抖出親眼目睹的一切傷天害理的事。

由於S是該組織主腦人物的跑腿，獲知S逃亡的嗎啡毒梟集團也立即計畫「毀滅S」，動員幫派所有的人員開始尋找S所躲藏的飯店。

雖然警方採取嚴密的警戒態勢，但是，某天晚上入浴中的S卻突然暴斃而亡。

精明能幹的艾安警官經過調查的結果，過濾出當天晚上出入S房間的是如圖所示的三人。

S是遭電擊而死，兇手在浴室內利用鬧鐘把電流流進浴槽內。

兇手是這三人中的一個，不過，艾安警官立即查出誰是兇手。

那麼，您是否知道那一個是嗎啡毒梟集團的殺手呢？

①剛雇用的服務生
②整理室內的臨時工・梅特小姐
③送料理進來的廚師

答15

兇手是②穿著雨鞋的梅特小姐。

她每天替S整理房間，得知S入浴的時間，她只要穿上雨鞋用鬧鐘進行實驗就不會觸電。

原來梅特小姐是嗎啡毒梟集團的女殺手。

誰是獲得遺產的人？

在看不見的地方有人？
在看得見的地方沒有人！

古董商古先生只剩下最後一口氣，三個兒子聚集在床邊靜靜地注視著老父。

「兒子啊！和你們分離的時候來了。至於我的遺產，金庫的鑰匙就藏在我所喜歡的一個壺子裡。」

古先生從事生意買賣之餘到處收集世界各地的名貴瓶瓶罐罐，而其中有一個壺子裡放著金庫的鑰匙。

「……那個壺子上面有兩個男人的臉對望……」

話到一半古先生已斷了氣。

這麼一來根本不知道鑰匙是放在那一個壺子裡。家裡所收藏的全都是價值昂貴的名壺，當然無法敲碎尋找。被請求尋找鑰匙的私家偵探也個個束手無策、不知如何是好。

那麼，您知道是放在那一個壺子裡嗎？

Ⓒ
是A壺。你瞧，壺上不是有男人的臉嗎！
不，是C壺。壺上的臉和看的人不是對望著嗎？

Ⓐ
Ⓑ
不，我認爲是B壺。

答16

是B壺。只要把壺子塗黑就可一目了然。

你瞧！壺子的兩側不正是兩個男人的臉孔嗎？這是自古以來相當著名的圖面反轉謎題，到底那一個是圖？那一個是底面？在霎那間很難搞清楚。

錯覺

所謂錯覺是指我們看到的景物和實際上有所不同。據說這和眼球的構造和觀看者的經驗有所關係。

電影也可利用錯覺的手法。

•錯覺的例子

看起來是直的嗎？

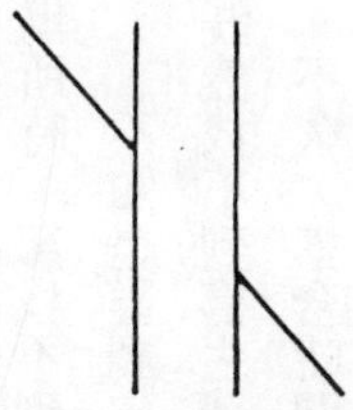

看起來是平行的嗎？

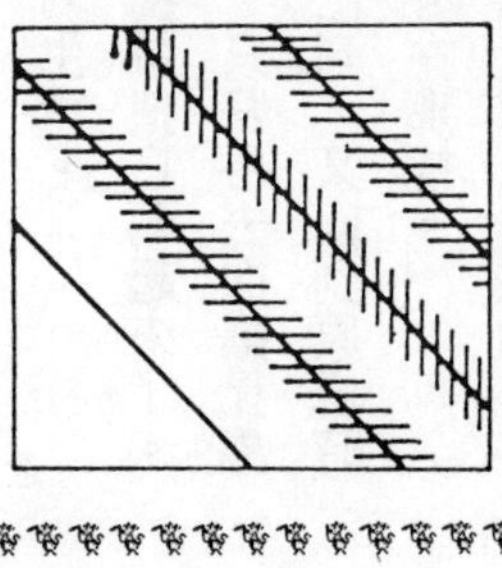

〈小常識〉

A、B、C三條線當中那一條最長？

①A
②B
③C
④都一樣

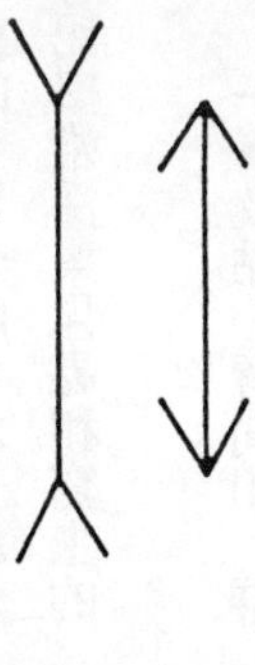

答／④

17 誰是搗蛋鬼！

仔細觀察就可找到搗蛋鬼！

喜歡採集昆蟲和寫生的健一小弟弟有一天參加學校的遠足到陣馬山去玩。當時也沒有忘記攜帶採集昆蟲和寫生的用具。

如圖所示，午餐及點心時間和一群好友吃完之後，健一小朋友放下寫生簿獨自前往採集昆蟲。但是，因爲找不到喜歡的昆蟲打算就地寫生而回到原來的場所時，卻找不到寫生簿。

不知是誰調皮搗蛋把它藏起來了。既然找不到寫生簿，只好再去採集昆蟲。不久，集合時間已到，又回到原處時發現自己的寫生簿就在那裡。

「是誰把我的寫生簿藏起來的？」

健一小朋友這麼問時，大家只是偷偷地笑而沒有人回答。

健一小朋友無論如何要找出那個搗蛋鬼，因此，回到家後仔細地調查自己的寫生簿並做了某個實驗。

「喔，原來是他。」

那麼，健一小朋友是做什麼樣的實驗而知道誰是搗蛋鬼呢？

答17

搗蛋鬼是吃橘子的良夫。健一的實驗是把寫生簿上弄髒的部分用火燻了一下，結果，燻出了茶色的污漬，因此知道是吃橘子的良夫的手所沾上的痕跡。

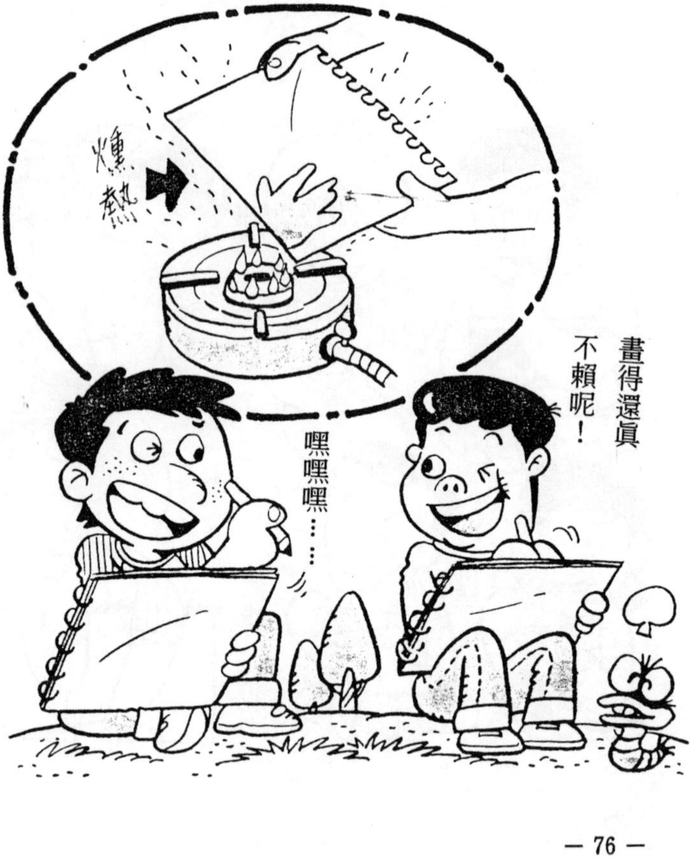

技師殺人事件！

並非只有海才會溺死！

N技師服務於L電機的製品開發研究所，是位極有潛力的年輕研究員。但是，有一天卻被人發現溺斃於研究所附近的海岸。根據警方調查的結果判斷是自殺或游泳中不慎溺斃。

他的家人認為N技師不可能自殺，而且，開發中的計畫近日內將會完成，根本沒有自殺的道理，於是請求廖偵探進行調查。

廖偵探展開秘密調查時，發現N技師的同事中在N死亡的當天晚上有三個行跡可疑的人。

三名男子如圖所示住在不同的房子，而每個人都擁有自用汽車。

廖偵探從這些資料鎖定其中一個男人，隔天喬裝水電工到那個男人的家中修理水管，而掌握了確實的證據並通報其友人黃警官。

當黃警官進行調查時發現該男子曾經因爲醉酒而鬧事，於是以協助調查爲由帶到警局偵訊，運用靈巧的詢問法使他招供。那麼，廖偵探何以覺得那名男子可疑呢？

A
單身　住在公司宿舍
飼養海水魚
B
單身　住在宿舍
C
單身　住在叔叔的家

答 18

廖偵探所注意到的是A家裡飼養著海水魚，同時，可以一個人自由地使用洗澡間。飼養海水魚的人從海邊運海水到家裡並不足爲奇，而且，可以獨自使用浴室時，在浴槽中裝滿海水就可製造出和海同樣的條件。同時，廖偵探所掌握的證據乃是A家裡的下水管的網上沾有不能吃的海藻碎片。

A是因爲嫉妒N技師的成功，而引誘他到家裡給予殺害。

我看見兇手！
從遠近親疏之別掌握線索！
19

小信當哥哥們上學之後喜歡一個人到外面遊玩。

有一天，附近的富翁陳老先生被殺了。小信那天早上一個人在他家門前的樹蔭下嬉戲，但是，由於發生案件聚集了許多人，覺得無聊回了家。

到了傍晚父親回家了，他的父親是刑警。

「小信的媽，妳聽到陳老先生的事了嗎？」

「是啊，嚇了一大跳。」

「我們可要看緊門戶啊，小信今天到那裡玩了？」

「這就糟了，他好像在陳老先生的

家門口玩呢。」

「喔，那麼叫小信過來一下。」

「爲什麼？」

「找不到目擊者，警方正傷腦筋呢。」

「哦，那可眞不得了。」媽媽說著前去叫小信過來。

「小信，你記得今天到陳老先生家裡的人嗎？」

「嗯，記得哦。第一個是拿著白色枴杖、戴著墨鏡的老先生。接著是拿著皮箱戴著墨鏡的叔叔，然後是戴著墨鏡的哥哥。」

「哥哥？」

「是啊，陳老先生家的哥哥啊。」

「喔！」思考了一會兒的父親又再次地問小信說：

「三個人都戴著墨鏡進入陳家嗎？」

「不，拿皮包的人把墨鏡拿下來了。」

「是嗎，小信謝謝你。你做得眞好。」父親似乎從小信的話中找到了兇手。那麼，兇手是這三個人中的那一位呢？

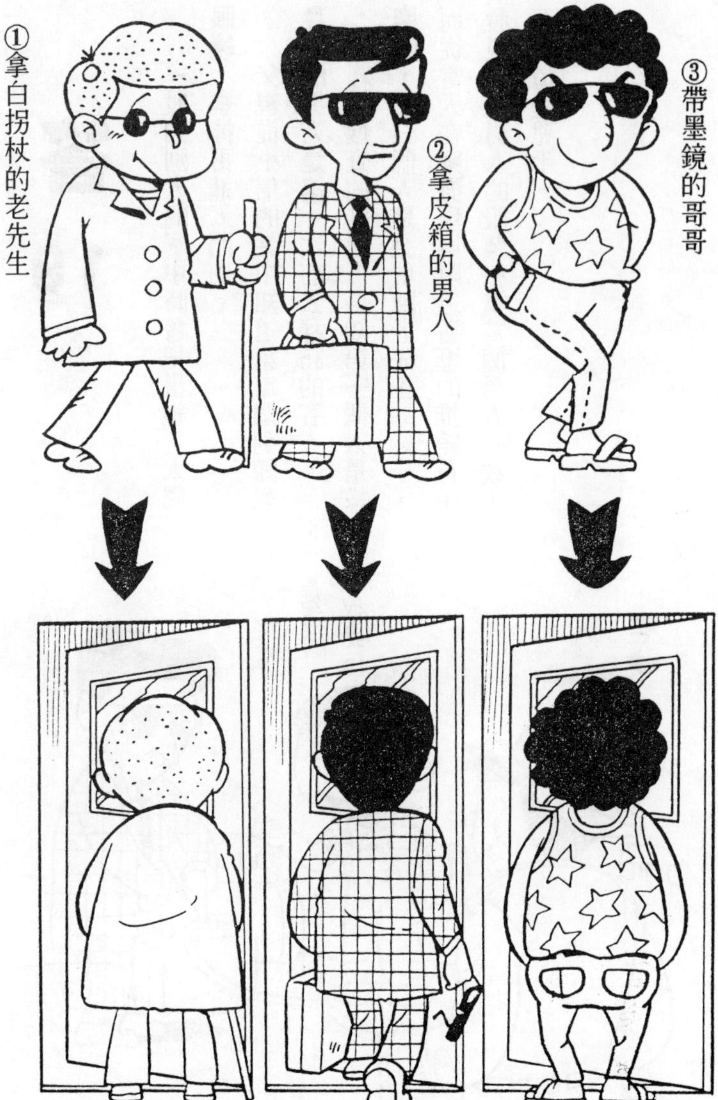
①拿白拐杖的老先生
②拿皮箱的男人
③帶墨鏡的哥哥

答19

一般到別人的家中時會把墨鏡（太陽眼鏡）拿掉再進入門內。

父親從小信的話中知道第二個到陳家拜訪的男人是第一次前去拜訪的客人。

經過搜查的結果，得知第一個人是按摩師，第三個人是發現陳老先生的姪子，而從當天在案發現場附近遊逛的推銷員中發現一名男人的服裝和第二個男人一致，而知道是兇手。

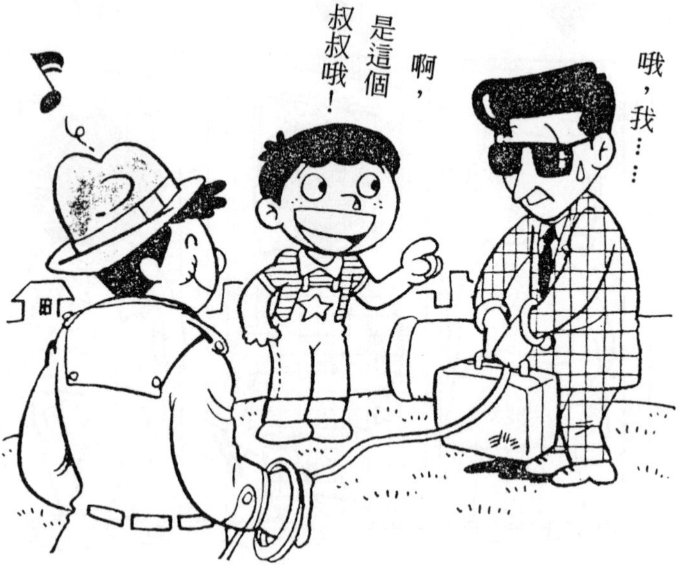

第 2 章
尋找犯人的謎題

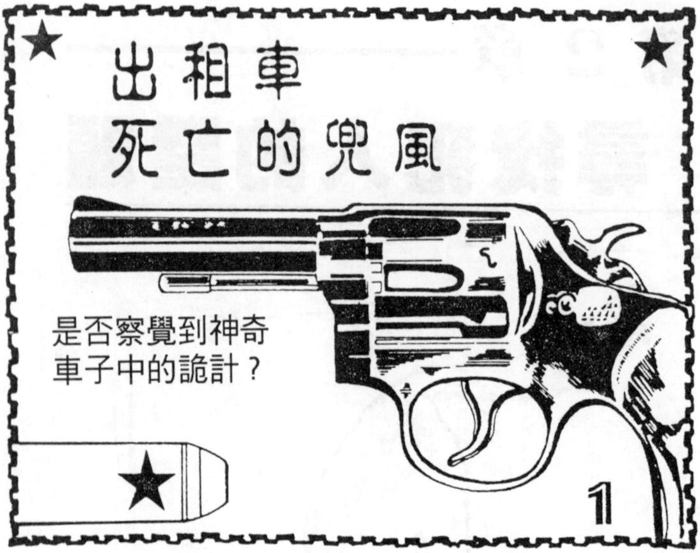
出租車
死亡的兜風
是否察覺到神奇
車子中的詭計？
1

B鎮附近的森林發現了東先生的屍體。從家人的證詞中得知當天和行蹤不明的東先生在一起的是吳先生，於是警方調訊他做爲參考人。據說吳先生和東先生平日的感情不好。

「我租了一輛車子把貨物由A鎮送到B鎮再回來，順便讓東先生搭便車罷了。你只要調查我的行車距離就可知道我是否還到別的地方啊。」

「原來如此，單程從A鎮到B鎮約五○公里，往返一趟是一○○公里。事實上根據調查，您的行車距離的確是只有一○一公里。」

「是啊，我根本没有到其他的地方去

。」

「假設你把東先生殺死後扛在肩膀走上山路的話……」

「開玩笑，如果調查了我的行車紀錄也應該看到時間吧。讓東先生下車的地方到森林之間往返要十公里路啊。往返一趟要花約兩個鐘頭，怎麼可能辦得到呢？」

面對硬不肯招供的吳先生，刑警說：

「但是，兇手還是你。」

那麼吳先生所使用的詭計到底是什麼呢？

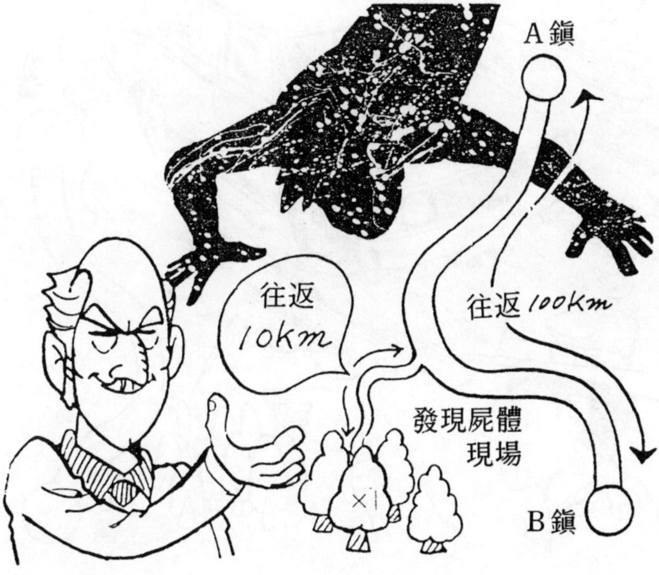
A鎮
往返100km
往返
10km
發現屍體
現場
B鎮

答1

吳先生在前往B鎮的車中和東先生發生口角而把他殺害，他從圖示的彎角把車後退到森林的入口，把東先生的屍體丟棄在森林內，再加快速度倒車回到彎角的地方。他是巧妙地利用車內的計程表在倒車時不會轉動的原理。

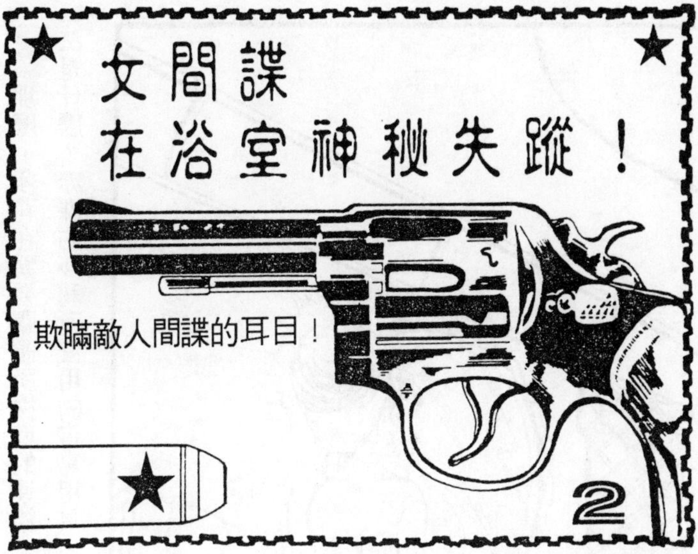
女間諜
在浴室神秘失蹤！
欺瞞敵人間諜的耳目！
2

女間諜莎莉藝高膽大，不過，這時卻也大吃一驚。因爲，莉莎正在沐浴時，敵人的秘密警察趁她的同伴喬治外出的空檔闖進浴室。

莎莉趕忙在浴室内上了鎖奮力抵抗，但是，被敵人以消音槍透過門狙擊之後只好投降。敵人的目的是綁架莎莉，讓她招出秘密暗號的鑰匙。

但是，經過五分鐘後同伴喬治就會回來。莎莉在浴室中避開敵人的耳目，留下了被綁架的訊號。

秘密警察大概沒有想到在浴室中會有什麼可以書寫的東西吧，他們竟然疏忽了這一點。

那麼，莎莉在緊要關頭所採取的連絡法是什麼？赤裸的莎莉所使用的書寫用具是什麼呢？

第二章　尋找犯人的謎語

答2

莎莉是利用喬治所使用的刮鬍膏在浴室的死角裡留下被綁架的暗號。

五分鐘後會回到飯店的喬治仍然可以看見地板上留著泡沫的痕跡。

蒸發（失蹤）

所謂蒸發是指液體或固體的表面氣化的現象，蒸發後的氣體稱爲蒸氣。詹姆斯．瓦特就是利用這個蒸氣而發明了蒸氣火車。

日本人以蒸發一詞表示人口失蹤。但是，並不是指人氣化的現象，而是形容人彷彿蒸發的現象突然行蹤不明。

向警方報案的失蹤人口不計其數，其中除了未成年人的離家出走之外，都是所謂的蒸發人。如果包括家人沒有向警方報案的件數，人數將會更多吧。人口失蹤（人蒸發了）可說是現代版的懸疑劇。

〈小常識〉

水是從幾度開始沸騰？

①攝氏八十度
②攝氏九十度
③攝氏一〇〇度

答／③

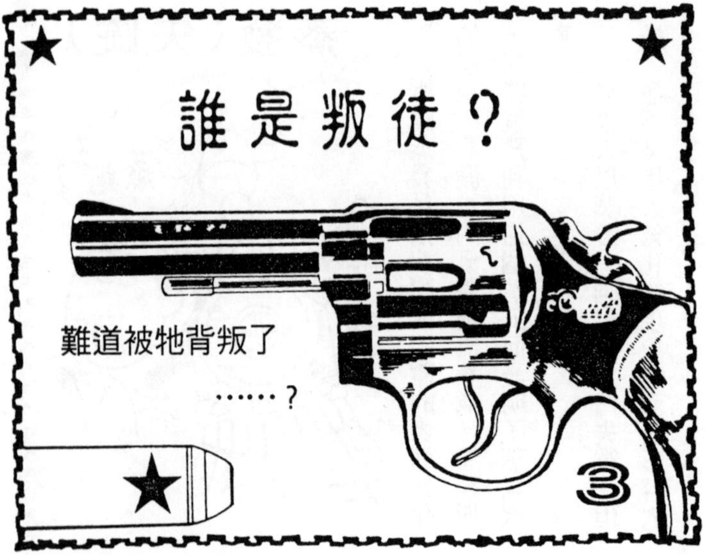

在全國通緝中的竊盜集團老大，平常除了幹些偷雞摸狗的勾當之外，仍然持續著小時候飼養小鳥的興趣。

一天晚上，在老大和一群小鳥躲匿的一棟大廈房間聚集著三、四名手下，召開有關下一個盜竊計劃的作戰會議。當會議將近尾聲，大家再一次確認下一個目標及贓物的掩埋場所之後，手下們一一地從老大的房間離開。

翌日，爲了避免留下任何證據而打算移往新巢窩的老大把房間整理妥當，並且決定把心愛的九官鳥委託鳥園照料，直到下一個工作結束爲止。

數天後，該竊盜集團被捕的消息遍佈

在各報章雜誌上。原來他們在下一個目標—某富豪的邸宅被伺機埋伏的警察們一網打盡。

被捕的原因乃是老大的一時疏忽，那麼，他的疏忽是什麼？

答3

把九官鳥交給鳥園照顧是失敗的原因。因爲，九官鳥在鳥園的店門口一五一十地說出竊盜會議的整個內容。

鳥園老闆覺得不可思議，半信半疑地向警方通報之後，終於將這個竊盜集團一網打盡。

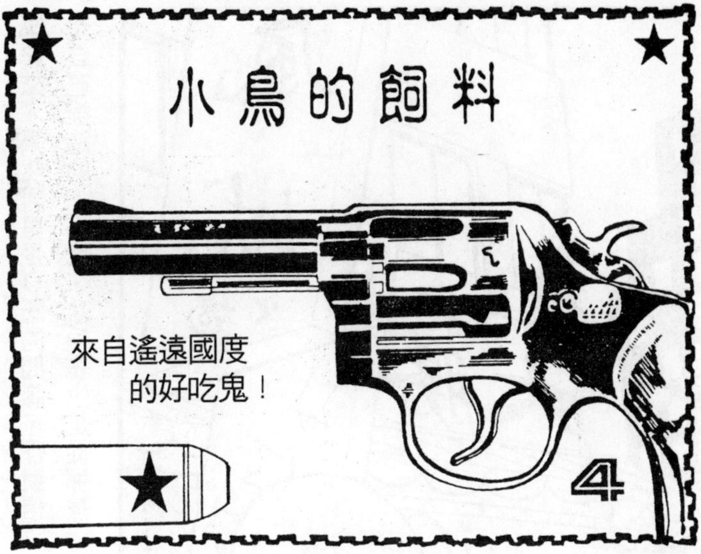

盆戶先生是國際諜報機關M的日本支部長。某天，基督教國家I國的支部長寄來一封信，內容是自己的兒子阿里決定到日本留學，請多多關照。

盆戶先生聽說I國支部長一家人是熱忱的伊斯蘭教徒，高興地等候他的光臨。

不久，阿里前來拜訪盆戶先生。因此，盆戶先生立即帶他到東京四處參觀。但是，阿里是個驚人的好吃鬼，也許是看到天婦羅等日本料理而覺得稀奇吧。挨家挨戶地大吃大喝，最後竟然自己走進一家炸肉店。

回到家後，盆戶先生面對一臉滿足的阿里說「你是那裡來的間諜！」隨即把他

綁起來。果然阿里是O國的間諜，那封信是自己捏造的。那麼，盆戶先生是從那裡

拆穿他的假面具呢？

畜生……
怎麼露出
馬腳的？
沙龍
高橋

答4

I國支部長一家人是熱忱的伊斯蘭教徒，而伊斯蘭教是禁止吃豬肉。因此，不可能自己闖入炸肉店大快朵頤。

哈哈哈……
竟然出了這種差錯。都是那個鐵板燒惹的禍……
哼哼哼……這眞是得不償失！

伊斯蘭教

伊斯蘭教是由穆罕默德創立的，和佛教、基督教合稱世界三大宗教。

另外，伊斯蘭教也稱爲回教，崇拜阿拉神爲世界唯一的神，麥加是伊斯蘭教徒所崇仰的勝地，若要服侍阿拉神必須實行斷食或膜拜等種種的教義，譬如，膜拜是每日五回，朝位於麥加市的卡巴神殿的方向前進，而其膜拜的時間也有規定。雖然國人對伊斯蘭教並不太熟悉，以整個世界的信仰人口來看，它是擁有廣大信徒的宗教。

〈小常識〉

旅行中到達伊斯蘭教的國家，而剛好是斷食的時間，旅行者該怎麼辦？

①旅行者不必斷食。

②旅行者也要斷食。

答／①

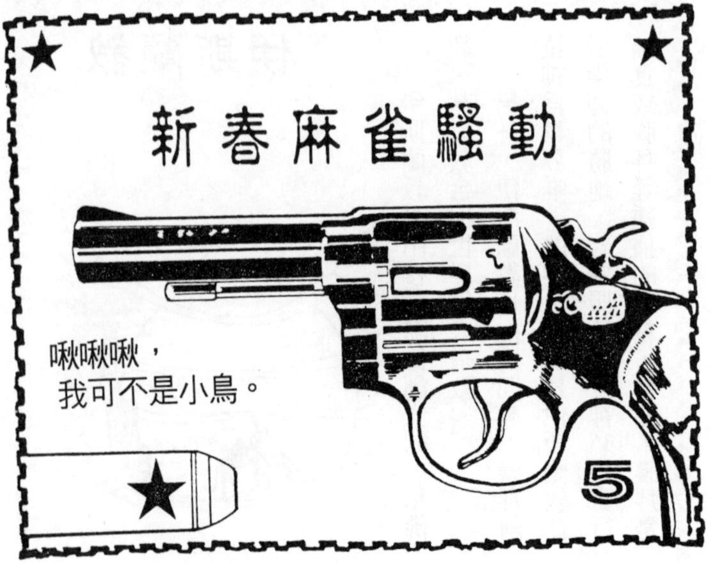

「唉呀……！」仍然帶有濃厚的年節氣氛的正月二日，廣子的家突然傳來一聲慘叫。

廣子在新的一年第一次握筆寫書法的途中稍微離開了位置後，卻發現宣紙上留下了麻雀的足跡……。

「討厭……媽媽，妳看這個嘛！」廣子把怒氣發洩在媽媽身上。慌張跑上前來的母親一看到宣紙上的模樣時笑著說：

「哈哈哈……廣子，這不是麻雀弄砸的，一定是你弟弟搞的鬼。」

「妳為什麼知道呢？媽媽。」

媽媽對廣子的疑問並不作答，只是不停地微笑。

那麼，各位是否知道這個意外事件之謎呢？

媽媽的推理是正確的嗎？

答5

媽媽的推理是正確的。從小對動物非常熟悉的媽媽一眼就看出宣紙上的足跡並不是麻雀所留下來的，因爲，麻雀並無法像雞一樣左右交替地步行。

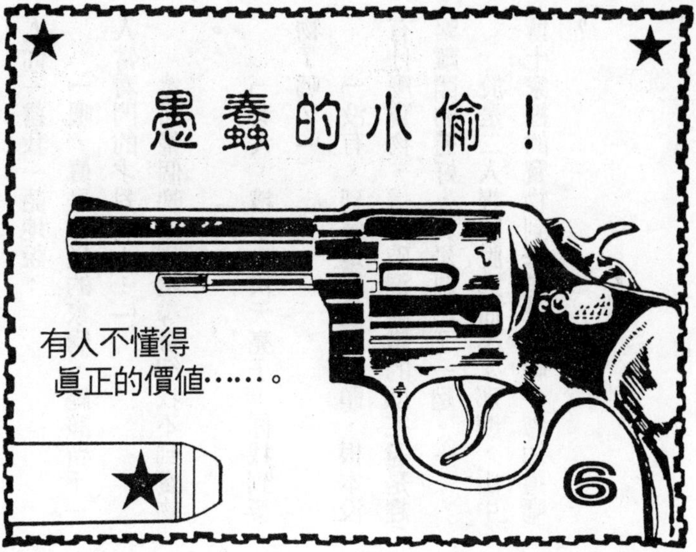

日本明治時代末期，有一對愚蠢的小偷搭檔，他們是安二郎和權助。

有一天，冒失鬼的權助悄聲地告訴安二郎所風聞的情報。

「老大，聽說本鄉的山中博士的邸宅隱藏有蓋世奇寶。座落在那個地帶的宅府人煙稀少，我們趕緊動手吧。」

「那是什麼蓋世奇寶啊？」

「這我就不知道了。不過，既然是寶，去了不就知道了嗎？」

「說得也是，只要是有價值的東西，我一眼就看出來了。」

當天晚上他們二人潛入山中博士的家，不知是幸或不幸他們全家人都不在。二人你一言我一語地說：

「喂，眞是奇怪的家啊，總該留下一人當看門的才對啊……」

然而整個晚上到處尋寶卻找不到寶物。

「老大，糟了，快天亮了，你找到寶物了嗎？」

「沒有，到處是貝殼、石頭，根本沒有什麼寶物，這種破銅爛鐵的邸宅還是趕緊離開的還好，眞是白跑了一趟。」

於是二人趕緊脫逃而出。那麼，山中博士家裡的寶物到底是什麼呢？您知道嗎？

答6

山中博士是當時尚屬於新興學問的「考古學」博士。這兩個愚蠢的小偷，不知道山中博士的寶物是從貝塚所出土的貝殼、貴重的化石標本。冒失鬼的權助又把事情搞砸了。

考古學

所謂考古學是挖掘古時候的人所遺留的住宅的遺跡或道具而給予研究的學問。藉此可以得知古代人的生活與文化。

譬如，日本繩文時代主要挖掘出來的是住宅的古跡、石器、土器、吃剩的食物或魚貝類的骨頭、人骨等。

從這些遺物就可得知繩文時代日本人的飲食生活、聚落、體型及臉型等。到了後來的彌生時代，又發現了人的足跡。從足跡可以推測當時人的身高、體重。

在西洋方面有關埃及的金字塔研究或希臘遺跡的考古研究爲數甚多。

〈小常識〉

人類是從什麼時候開始在身上披毛皮呢？

①三萬年前。從人類的進化過程中即可明白。

②皮會腐爛，所以無跡可尋。

答／②

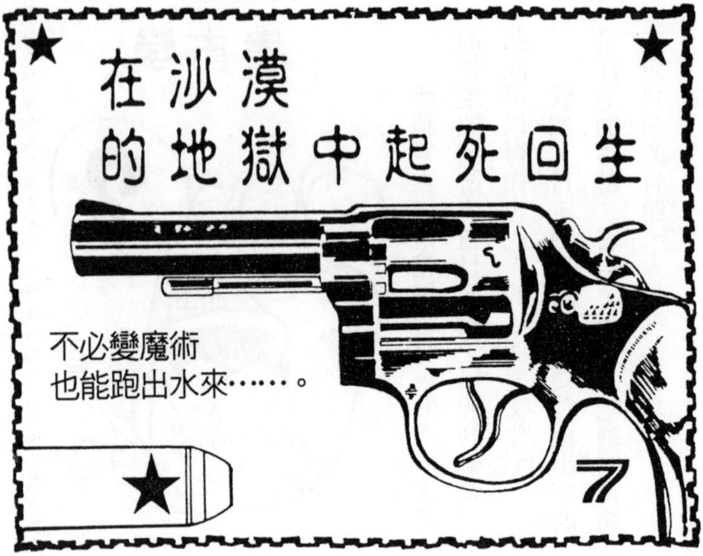
在沙漠
的地獄中起死回生
不必變魔術
也能跑出水來……。
7

S國的情報員格梅斯授命潛入Y沙漠國家取得某個情報，他雖然機靈地獲得了情報，卻被Y國的秘密機關所發覺，帶著一個皮包好不容易才逃到沙漠中和同伴會合的隱藏處。

格梅斯皮包內的東西如圖所示。

飲食方面雖然可以勒緊褲帶勉強挨過。不過，卻沒有賴以爲生的水。與同伴會合的日期還有十天，如果無法忍受沒有水的日子必定死亡。

那個沙漠只有一個做爲躲藏場所的岩山，四周連一根草也沒有。

而且，連生物的影子也看不到。但是，他終於挨過這個地獄般的沙漠生活，十天後平安無事地和同伴會合。格梅斯到底是用什麼方法能在空無一物的沙漠中取得水分呢？

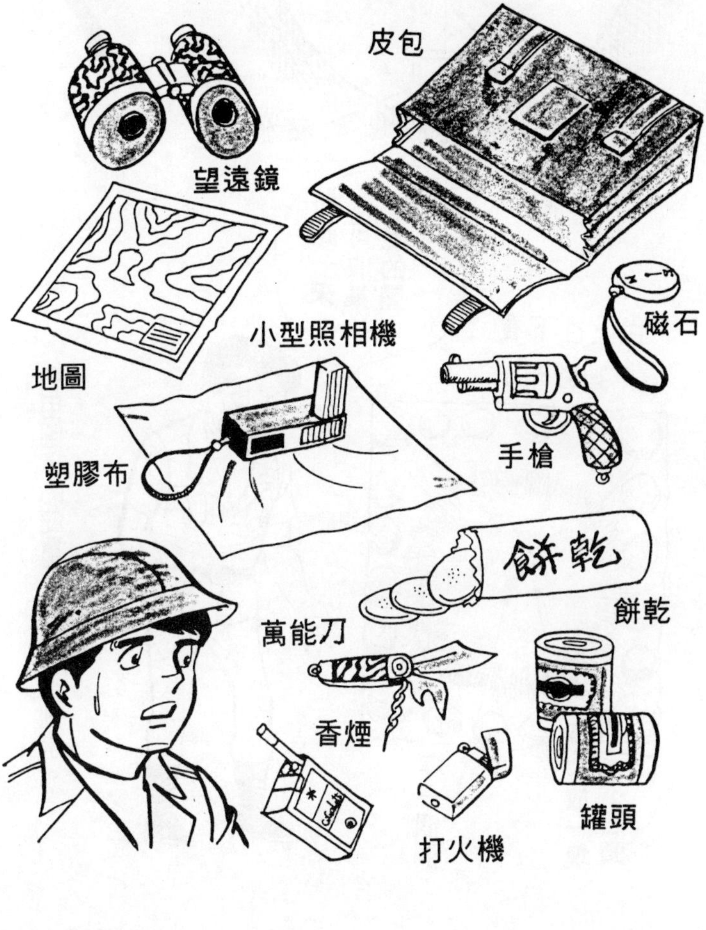

答 7

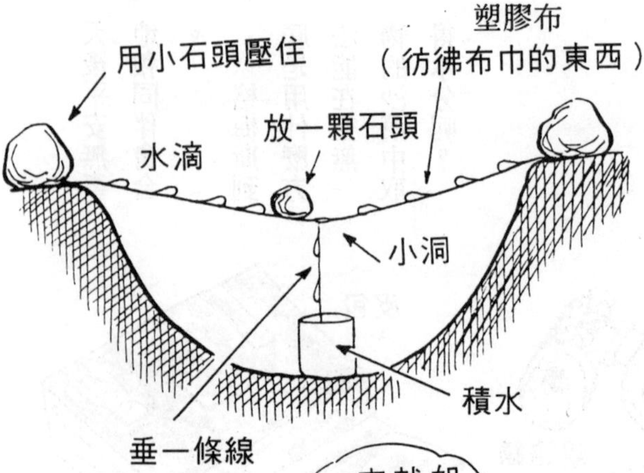
塑膠布
（彷彿布巾的東西）
用小石頭壓住
放一顆石頭
水滴
小洞
積水
垂一條線

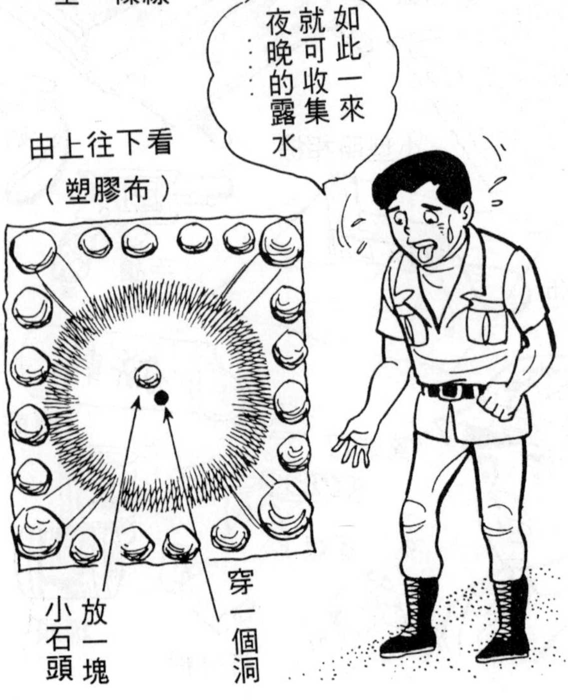
如此一來就可收集夜晚的露水……
由上往下看
（塑膠布）
放一塊小石頭
穿一個洞

利用圖示的簡單裝置就可得到水。

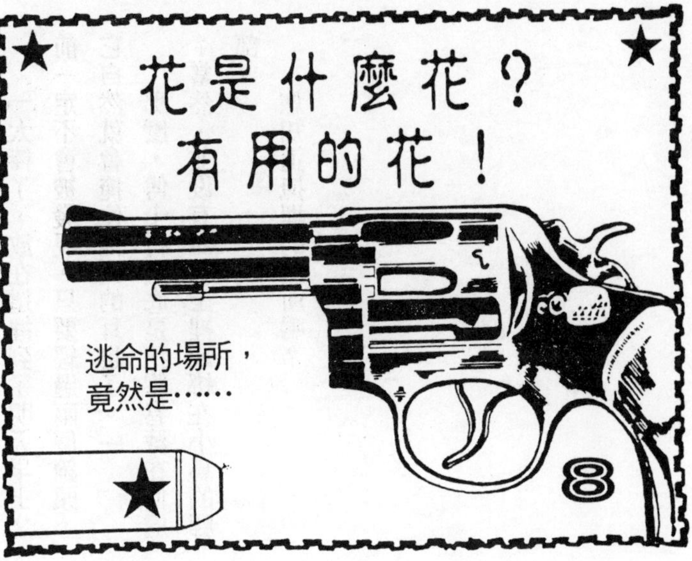

迷幻藥搜查員傅士村潛入偷渡迷幻藥首領黑狗的家，從金庫裡一個極爲重要的信封中找到了一個膠卷。「太棒了！」傅士村高興的太早了。因爲，本來打算在睡懶覺的黑狗家人起床的八點半以前離開這裡，卻因爲搜查工作花費太長的時間，現在家人似乎都已經起床了。

好不容易從屋裡逃到庭院，但是，傅士村已經被逼到窮途末路，眼前只有一片圍牆並無法躲匿。

「眞可惜，難道完了嗎！這個膠卷似乎非常重要，至少要把這個藏起來……」

傅士村環視周遭的景況，終於找到了一個絕妙的場所。

「太棒了，放在這裡到了明天早上之前一定不會被發現。只要經過兩個鐘頭，它自然就會掩住他人的耳目了。」

那麼，傅士村到底是把膠卷藏在何處？當然，並沒有藏在土裡或綁在小鳥的腳部。

您知道掩埋的藏所嗎？

第二章　尋找犯人的謎語

答8

傅士村搜查員是把膠卷藏在牽牛花（朝顏）的花蕊中。

牽牛花在清晨三點左右綻開花瓣，十點左右閉上花蕊。而在隔天早上之前一直處於含苞待放的狀態。傅士村認爲膠卷藏在花蕊裡面就使人無法察覺。

那麼，傅士村搜查員的下落如何？傅士村因爲穿著盆栽工人的模樣，所以利用這一點欺瞞黑狗家人平安無事地脫逃而出，隔天早上又取回藏在花蕊裡的膠卷。

牽牛花

牽牛花又稱朝顏是代表日本夏天的花。據說原產地是熱帶亞洲。江戶時代以後，牽牛花被當作觀賞用的花而普遍栽培。

東京的台東區入谷到現在還有牽牛花市，當花市開放時即令人切身地感到夏天來了。

牽牛花有各種觀賞用的花種，深獲花客們的喜愛，同時也做爲遺傳學的研究材料。

牽牛花的花蕊從早上五點到六點左右開花，七點左右花朵完全盛開，到了十一點則凹陷。牽牛花的同伴還有午顏、夕顏等，這是配合其開花的時間而命名。

〈小常識〉

牽牛花的籐蔓是轉向那一邊？

①轉向右邊。

②可轉向左邊也可轉向右邊。

③轉向左邊。

答／③

身手非凡的田先生

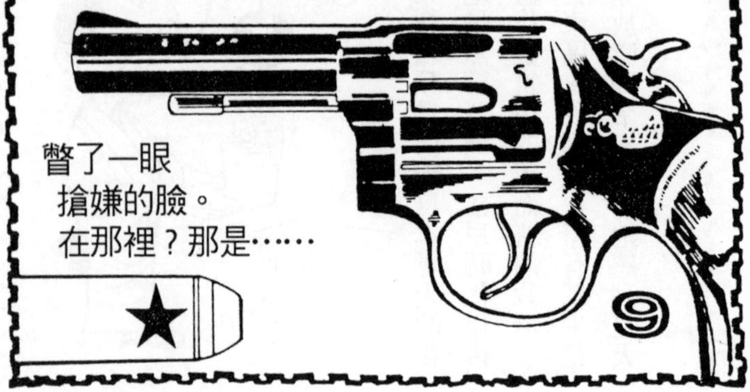

田先生是喜好推理小說的運動員。有一天，他走在街上，突然聽到後面傳來「小偷！」的叫聲，轉頭一看一名男人從鐘錶店飛奔出來跑向另一端，鐘錶店老闆也緊追在後，對自己腳力頗有自信的田先生打算幫鐘錶店老闆的忙，也尾隨著鐘錶店老闆背後奔跑。

搶嫌的腳程意外地快，鐘錶店老闆根本趕不上，當田先生追過鐘錶店老闆之後，鐘錶店的老闆似乎覺得放心而放鬆了腳步。

田先生追逐穿過商店街的男人，僅差一步就抓到了他。不過，因爲人潮的關係而被他逃脫了。他看見那個男人走進一家

大的柏青哥店。

男人把引人注目的外套丟棄在廁所又走回出入口時，被伺機等候的田先生一手抓住，當二人正在口頭爭執時，鐘錶店的老闆剛好適時地趕到，而確認那個男人就是搶犯。

那麼，緊追在男人背後的田先生何以認得搶犯的臉孔呢？

答9

田先生差一步就抓到搶犯時利用商店街的櫥窗看到了男人的臉孔，而記得他臉上那個註册商標的黑痣。

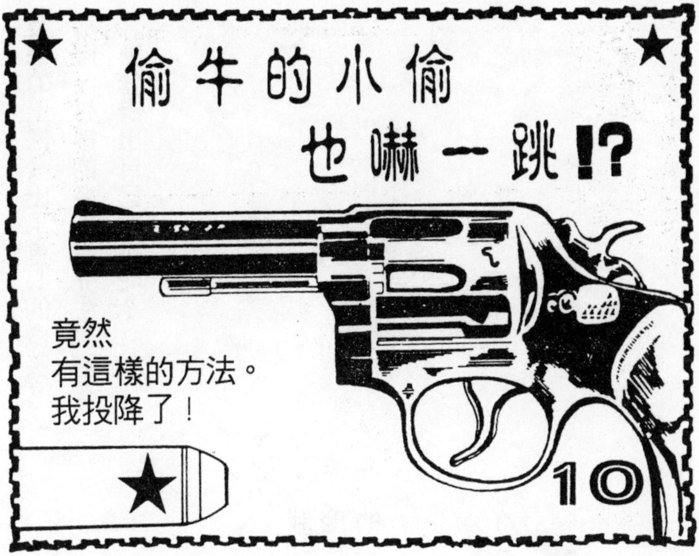
偷牛的小偷
也嚇一跳!?
竟然
有這樣的方法。
我投降了！
10

有一天，住在蜂巢村的長雄的牧場丟了三頭黑牛，長雄四處找尋最後來到了隔壁的桃川村。

他發覺桃川村的王三牧場非常可疑，本來應該只有七頭黑牛，現在卻有十頭。

長雄立即責問王三。但是，王三卻蠻橫地說：「你說那些牛是你牧場的牛啊？你從中挑出來吧！」

這些牛全都是黑牛，一旦套上鼻圈就不知道那些是長雄的牛了。

但是，平常被村人敬稱爲「長先生」以村裡的名偵探自居的長雄拿來了墨汁和白紙，在十頭黑牛的鼻上塗上了黑墨，再把紙按在上頭開始磨擦。長雄對在旁看得發呆的王三發出了會心的微笑。
那麼，村裡的名偵探先生到底是怎麼分辨出自己的牛呢？

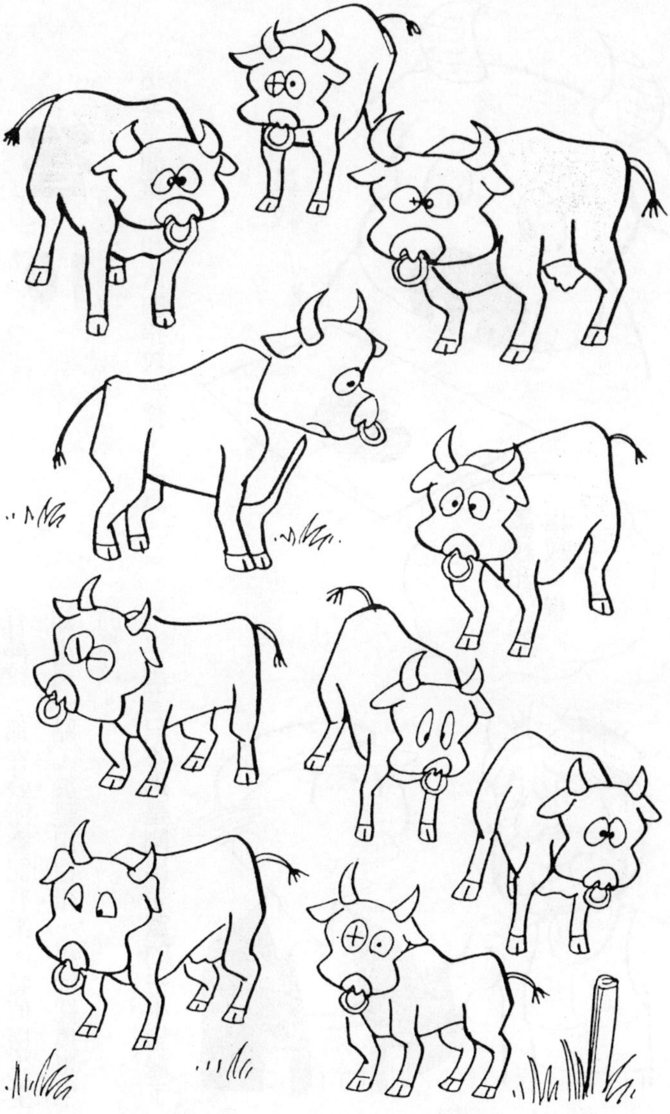

答10

這非常簡單。和人的指紋一樣，牛具有鼻紋，都在公所登記有案。名偵探先生知道這一點，於是用白紙、墨汁採集黑牛的鼻紋。

王三只不過是剛出茅蘆的牛小偷罷了。

牛

牛的同伴中我們最熟悉的是好斯坦種乳牛。原產地在荷蘭，是具有黑色和白色斑點的牛。現在所製造的牛奶、乳酪幾乎都是取自這種牛。乳用種的牛除了好斯坦種之外，還有其他五種。而肉用種代表牛是亞伯丁・安加斯（原產地在英國。全身烏黑、沒有牛角）以及修特紅（原產地在英國。全身赤紅或帶有白色斑點的牛）等兩種。

除此之外，野牛、水牛等也是牛的伙伴。

〈小常識〉

那麼，好斯坦種乳牛的雄牛和雌牛的牛角的朝向有所差別嗎？

①雄牛的角朝向後方。

②雄牛及雌牛的角都朝向前方。

③雌牛沒有角。

答／②

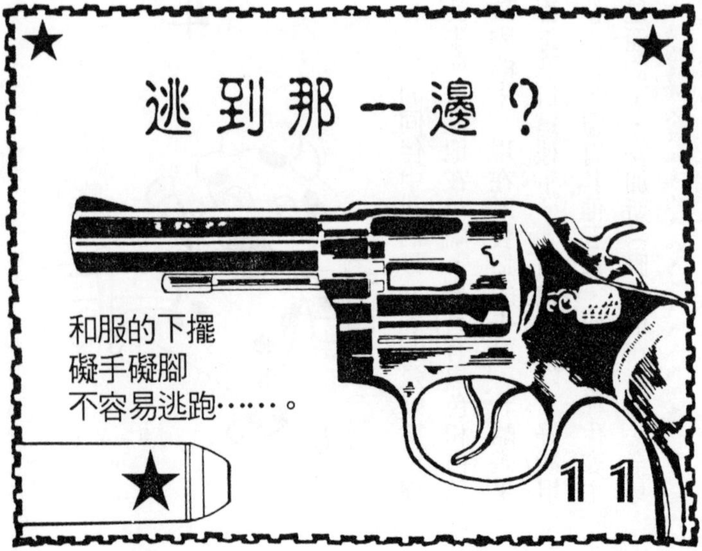
逃到那一邊？
和服的下擺
礙手礙腳
不容易逃跑……。
11

小偷五郎吉趁著夏天的祭典街上一片喧囂時，悄悄地潛入座落於商旅街的富翁的倉庫。但是，捕快平太發現五郎吉的惡行，於是在入口伺機等候，不巧的是咳出了聲音。

察覺到周遭有人的五郎吉，從反方向高達四公尺的窗口跳到地上逃開。五郎吉在緊要關頭拆掉自己的褲兜，綁在倉庫的窗欄上順著褲兜帶滑到地上。

五郎吉逃亡的馬路有兩條。一條是通往正在慶典中的神社，另一條則是通往權太山的靜寂山道。

那麼，平太會選擇那個方向追趕呢？

權太山 →
權太村
倉庫
往江戸→

答 11

平太往權太山的方向追趕。因爲，五郎吉已拆掉褲兜，捲起和服的下襬逃亡的路只有靜寂的山道。在熱鬧而雜沓的人群中並無法奔跑，不久就會被後面的追兵趕上。

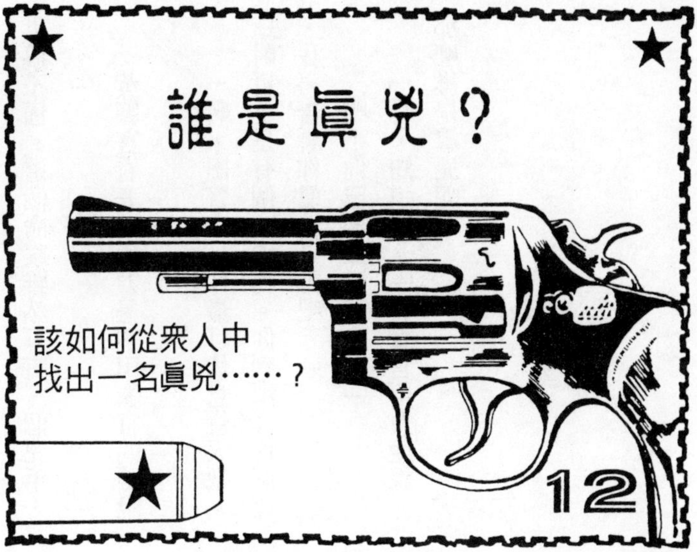

有一天，S縣警的田警官請求黃警官的支援。因爲，在S縣內發生了一件殺人案件，雖然已經過濾出四個嫌疑犯，但是，卻找不出眞正的兇手，因此，希望黃警官的協助。

黃警官因爲是友人的請求，趁著休假趕往S縣。以下是那四名嫌疑犯證言的要點。

嫌犯A：「是B殺的。」
嫌犯B：「是D殺的。」
嫌犯C：「我沒有殺他。」
嫌犯D：「B說謊。」

田警官向黃警官苦訴說：「這四個人當中有一個人說了實話，不過，我卻怎麼也搞不懂。這個命案雖然只有一個兇手……。」

黃警官看著精疲力盡的田警官的臉說：

「啊，田警官，你最好休息幾天吧。這附近不是有個湖泊嗎。你到那裡釣個魚，我再告訴你眞兇是誰吧。」

「嗯！你已經知道了……」

「嗯，知道了。」黃警官用力地說。

那麼誰是眞兇呢？

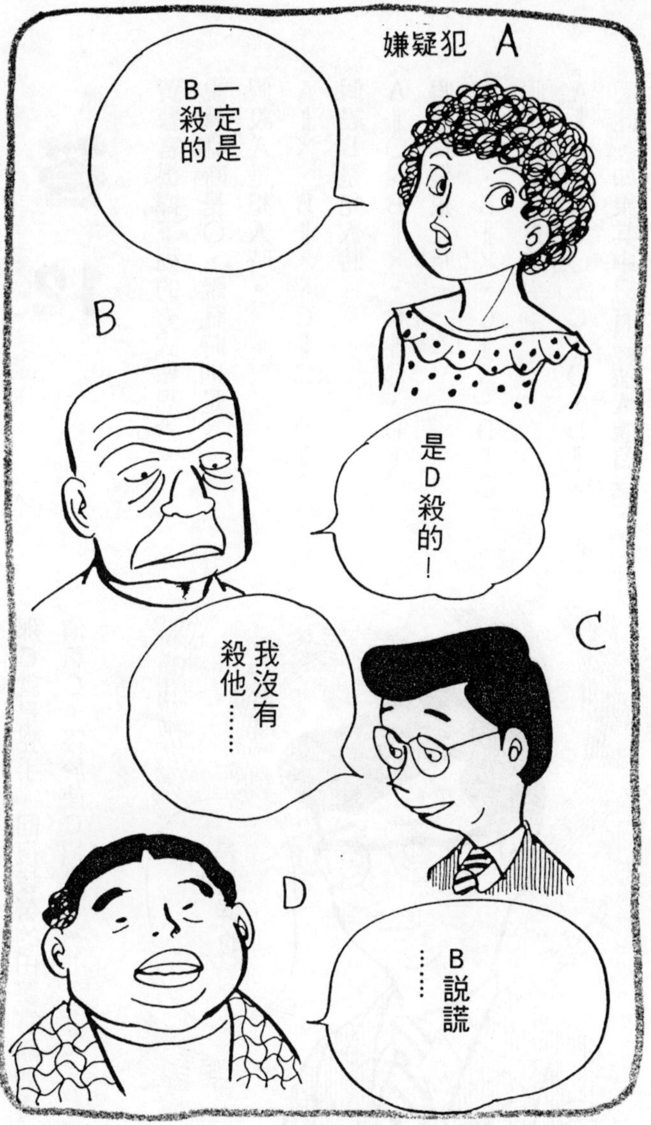
嫌疑犯 A
一定是B殺的
B
是D殺的！
C
我沒有殺他……
D
B說謊……

答 12

黃警官根據下列的方式做思考。

說眞話時是○，說謊時則是×。

假設A是犯人時。

A＝×、B＝×、C＝○、D＝○

假設B是犯人時。

A＝○、B＝×、C＝○、D＝○

假是C是犯人時。

A＝×、B＝×、C＝×、D＝○

假設D是犯人時。

A＝×、B＝○、C＝○、D＝×

因此，如果其中只有一個人說眞話，那C就是兇手。回復疲勞的田警官隨即再偵訊C，終於使C招供。

消去法

右邊的謎題答案的思考方式是使用所謂的「消去法」。這是依序列舉條件，消除符合該條件以外的項目，最後把符合所有條件的一個項目認定為事實的做法。

英國的女推理作家、愛佳莎・克莉絲汀的名著『結果，大家都不見了』就是巧妙地應用這個消去法的推理小說。其內容是有十個男女被不知名的人物邀請到瑞士的雪山的山莊。這十個男女彼此沒有任何關係，不過，都有過一段陰暗的過去。而這十個男女一一地被殺，最後的結局令人大感意外。

〈小常識〉

愛佳莎・克莉絲汀所塑造的比利時名偵探的名字？

①阿爾希奴・魯斑

②葉爾基努・波瓦洛

答／②

遭到反擊的間諜

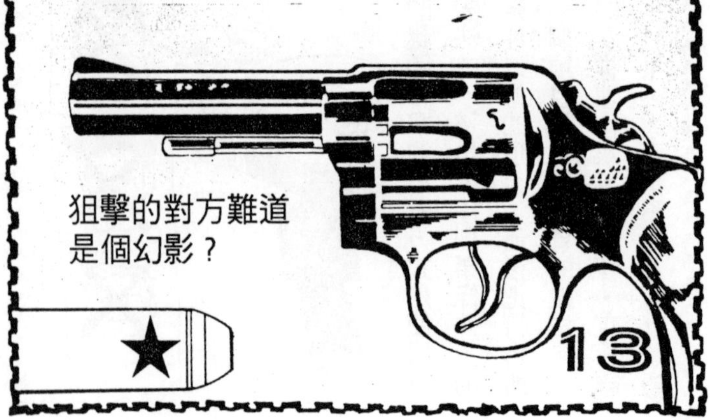

某天晚上A國的間諜獨自在房間休息的時候，敵國的間諜湯莫斯基從院子裡潛入，並且決定隔著上了鎖的玻璃窗狙擊對方。

他正確地對準目標開槍射擊，不過，隨著槍聲及玻璃破碎的聲音爆發開來的同時，室內的燈光也消失了。

湯莫斯基覺得可疑，正打算從破窗探頭一看究竟時，卻被某人從室內狙擊。

湯莫斯基深信自己對準對方的胸口開了一槍而挨身前去，因此，怎麼也沒想到對方會給予反擊。那麼，湯莫斯基爲何遭受反擊呢？

答13

湯莫斯基射擊的乃是A國間諜投射在鏡子中的影子，同時也擊滅了電燈。事實上，湯莫斯基早已中了對方的埋伏了。

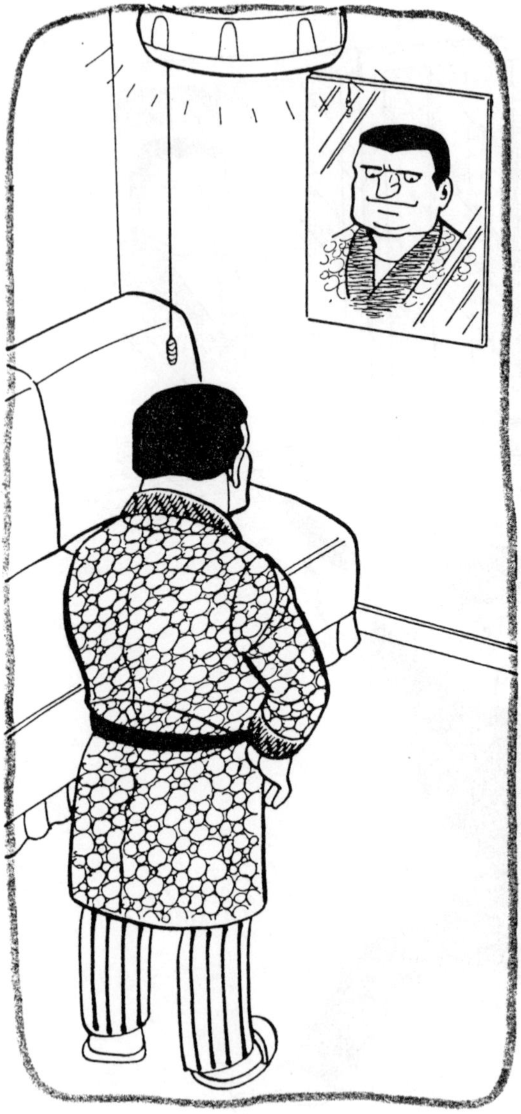

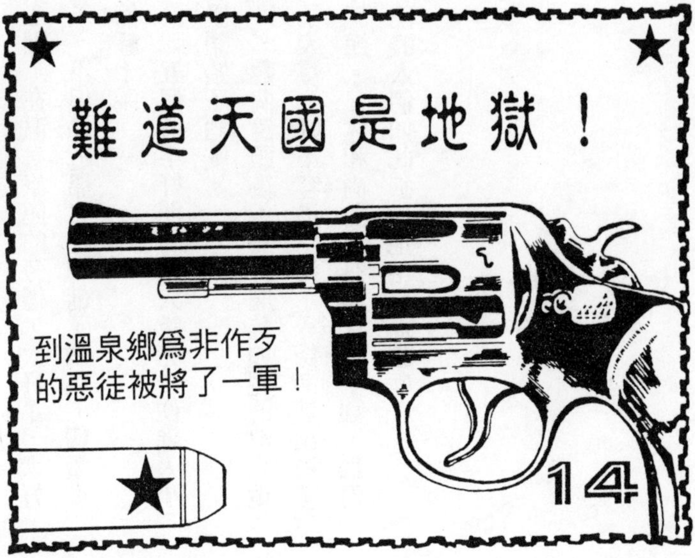
難道天國是地獄！
到溫泉鄉爲非作歹
的惡徒被將了一軍！
14

運善旅館因爲有溫泉而人潮匯集，有一天，出現了五個遊手好閒的浪人。這些浪人只會白吃白喝並且弄壞田地的稻作奪取西瓜等農作物，還會藉故找碴亂打人。因此，弄得附近的人個個心驚膽顫。

驛站附近的人大傷腦筋，於是找德高望重的三休和尚商量，和尚說：

「喔，是嗎？那麼替那些浪人蓋一間小屋吧。然後盡量爲他們準備酒食、菜餚……」

人們不懂何以要如此款待那些無法無天的浪人，不過，聽了三休和尚的說明後，大家都認爲是個好計謀。

「哈哈哈，要替我們蓋房子？在那裡

？哦，在溫泉旅館的旁邊，太好了，太好了。不但靠近溫泉還準備了酒菜。儘量準備喔！」

五個遊手好閒的浪人說完了便進入小屋開始了酒宴。

數個鐘頭後，喝得爛醉如泥的浪人倒了大霉，好不容易才撿了一條命逃出運善旅館。三休和尚並沒有動什麼手腳，爲何使浪人們如此狼狽地落荒而逃呢？

溫泉旅館
浪人的小屋

答 14

三休和尚是命人把小屋蓋在間歇泉上。間歇泉經過一段時間後會噴出滾燙的溫泉，這些溫泉灑在小屋裡頭，再怎麼頑強的浪人也抵擋不住。更何況個個喝得銘酊大醉，所以，每個人燙得焦頭爛額抱頭鼠竄。

間歇泉

從地底噴出熱水之地稱爲溫泉，而間歇性地噴出溫水叫做間歇泉。

間歇泉會突然像噴水般地噴出熱水隨即又恢復平靜，其周期時間並不固定。

日本青森縣的恐山、大分縣的由布院，美國則黃石公園等地的間歇泉聞名。

溫泉從攝氏十度以下的冷溫泉，到超過攝氏一〇〇度的水蒸氣樣的高熱溫泉，各式各樣不一而足。

在高熱的溫泉周圍仍然有生物，據說藍藻植物耐得住攝氏八十五度的高溫，委實令人驚奇吧。

〈小常識〉

那麼，動物（昆蟲）的耐熱度最高到幾度？

①攝氏七〇度
②攝氏五二度
③攝氏四五度

答／②

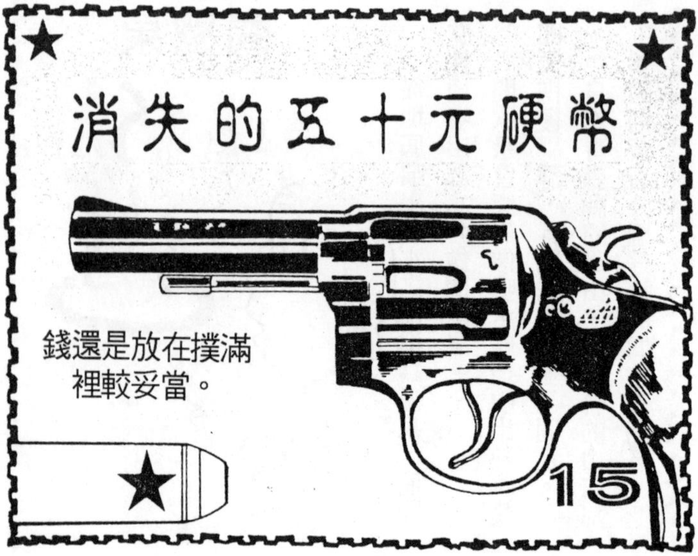
★
★
消失的五十元硬幣
錢還是放在撲滿
裡較妥當。
★
15

有一天，清郎上學之前母親給了他一枚五十元硬幣當做零用錢，清郎打算把零用錢存起來購買釣竿，因此，如圖所示，把那枚五十元硬幣用一條堅韌的繩子綁起來，吊在房間的窗邊。

清郎從學校回家打開房間的門時，發現一個小偷從窗外伸進手把五十元硬幣偷走了。

當然，這條繩子並沒有切斷，小偷是怎麼拿到那枚五十元硬幣呢？請你也試試看。

50

答 15

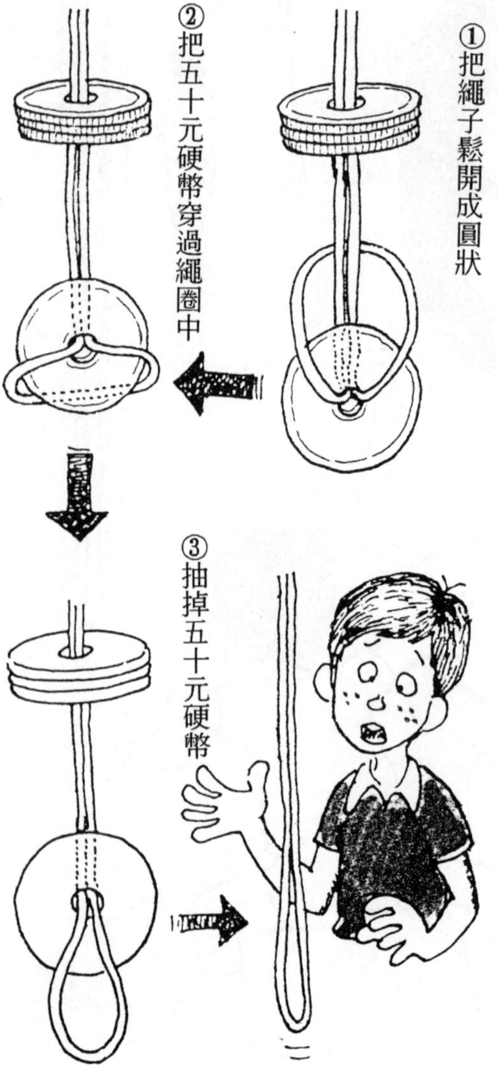
①把繩子鬆開成圓狀
②把五十元硬幣穿過繩圈中
③抽掉五十元硬幣

如圖所示，小偷是運用這個方法拿走了五十元硬幣，請特別小心。

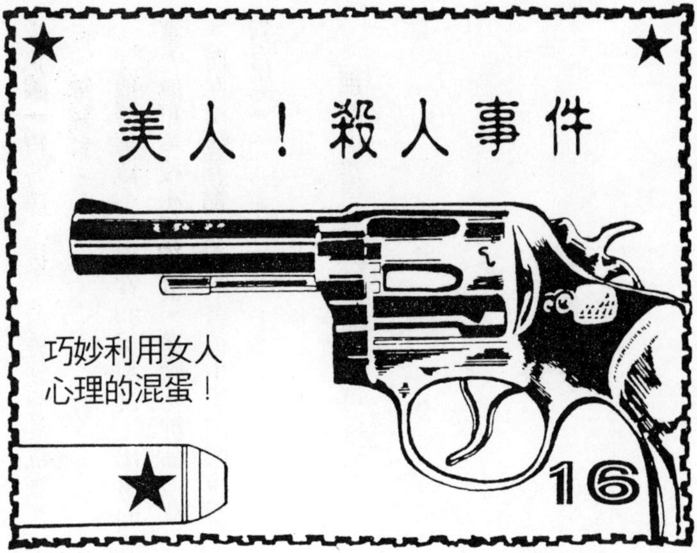
美人！殺人事件
巧妙利用女人心理的混蛋！
16

ＯＬ劉美枝小姐不僅是在鎮內，連在公司也是衆人稱許的美人。不過，生性卻有點冷僻。

有天晚上，劉美枝小姐被人發現在自宅內暴斃，根據警方調查的結果死因是強烈的毒藥所致，死亡時刻推測大約是當天晚上十點左右。美枝小姐不可能自殺，經過緊密地搜查，發現了下面三個嫌疑者。

嫌疑者・Ａ

他在案發當天晚上七點左右到美枝家拜訪，美枝的家人看見他要求與美枝交往，卻被堅決地拒絕而回的情景。

嫌疑者・Ｂ

曾經尾隨鎮裡的大美人美枝小姐的身

後企圖一親芳澤，後來還曾偷窺其洗澡。

嫌疑者・C

他是美枝小姐現在的男朋友，出事的當天他和美枝小姐約會，送她化粧品禮盒。而在傍晚五點左右送美枝小姐回家後回到自宅。

那麼，這三個人當中誰最可疑呢？

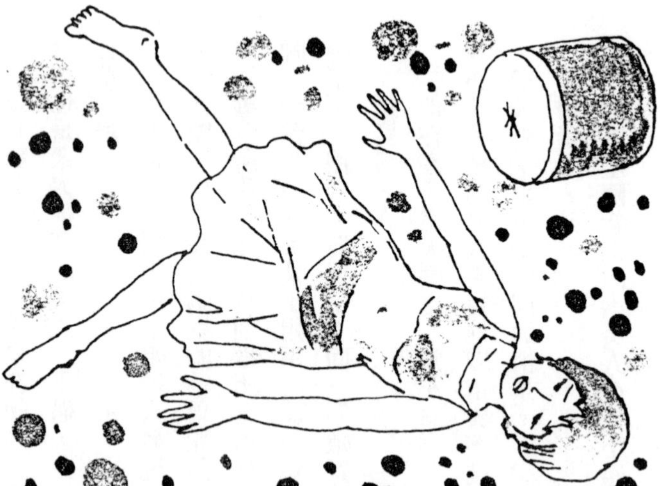

NO!
A
B
C

答16

最可疑的是C。經過調查原來C憎恨最近移情別戀的美枝小姐，而在化粧品禮盒的口紅上塗了毒藥。那是個相當高級的化粧品禮盒，因此，美枝小姐當天晚上試著擦口紅時即中毒身亡。

第 3 章
推理謎題

穿繩子的名人？

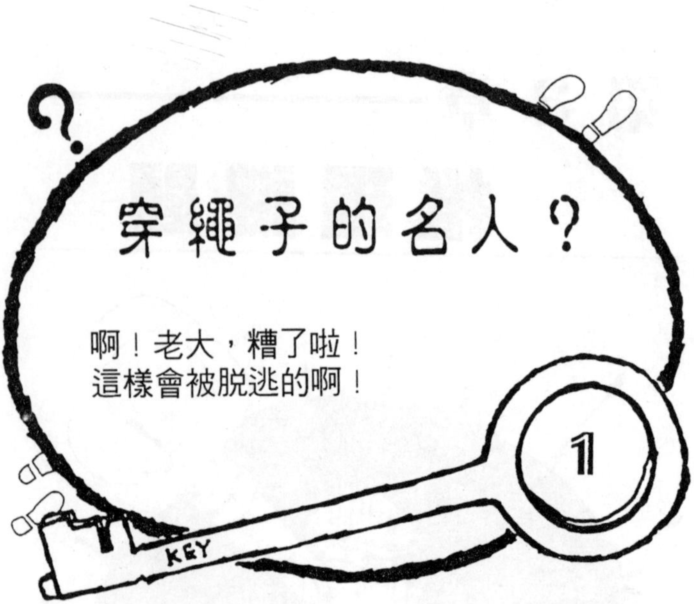

七五郎是大江戶果菜鎮上大名鼎鼎的抓竊王。今天又逮捕了兩名順手牽羊的現行犯，打算帶回官府。

但是，如圖所示，本來用繩子綁在一起的小偷趁七五郎稍不留神的時候，不知是否運用穿繩技術，把手上的繩子拆開逃匿無蹤了。當然，繩子上的結打得非常牢固並不容易鬆開。

那麼，爲了避免讓七五郎再次讓犯人逃走，請教他那兩位小偷所應用的穿繩技術吧！不過，如果想得太複雜會使繩子打結喔！

答1

如圖所示，運用左邊的方法鬆開了繩子。

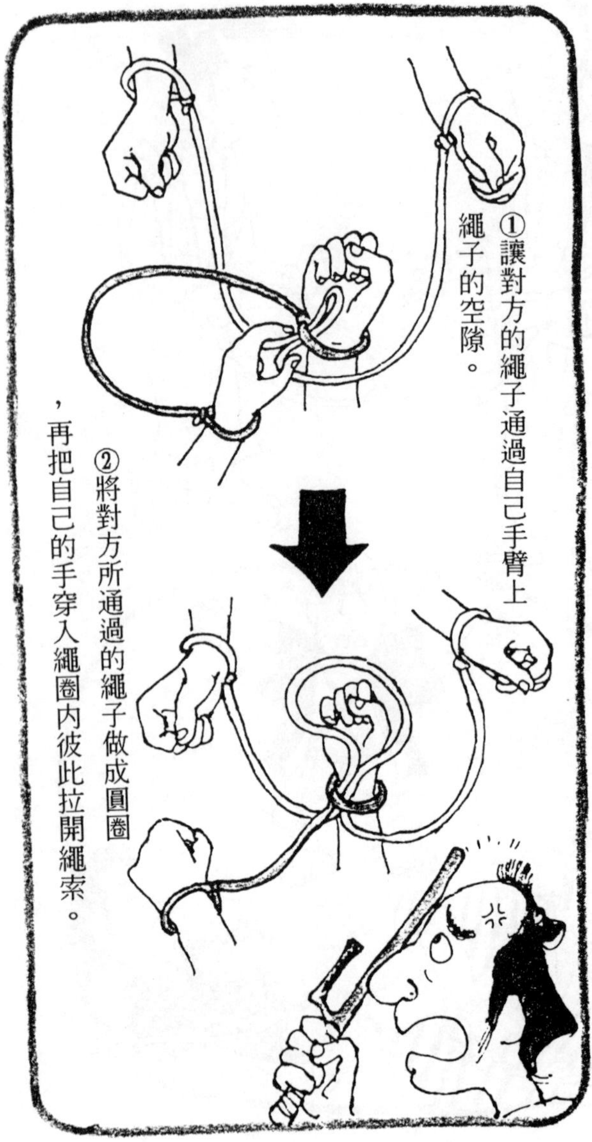
①讓對方的繩子通過自己手臂上繩子的空隙。
②將對方所通過的繩子做成圓圈，再把自己的手穿入繩圈內彼此拉開繩索。

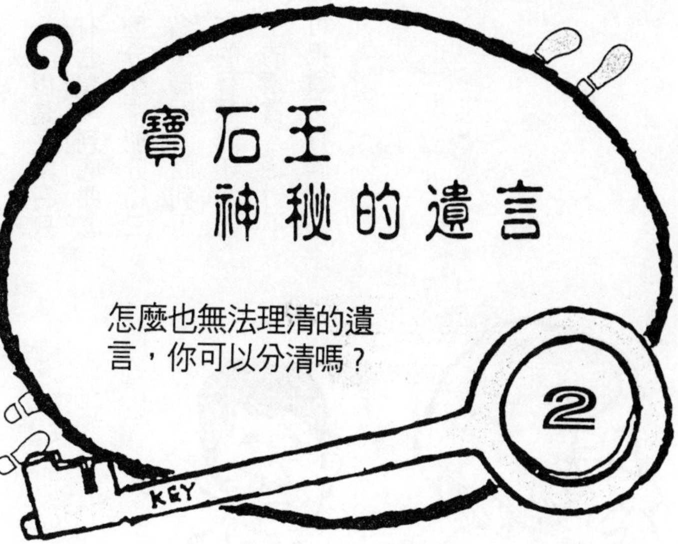
寶石王
神秘的遺言
怎麼也無法理清的遺言，你可以分清嗎？
2
KEY

沈先生是著名的寶石王。但是，他無法戰勝病魔而在親屬的伴隨下彷彿睡眠般地斷了氣。

沈先生的枕邊有他的女兒、叔母、姪子及長年替其看護的護士。

那位護士胸口別著一顆大鑽所鑲成的別針，是沈先生爲了感謝其多年的照料所贈送的。

後來，從沈先生的金庫中找到一封遺書及七顆大鑽石。遺書中這麼寫著：

女兒二分之一

叔母四分之一

姪子八分之一

依這麼比例分配遺產。

但是，鑽石只有七顆，到底要怎麼分配才能分給三名遺屬呢？請利用你的智慧遵守沈先生的遺言。絕對不可把鑽石打碎。

答2

首先向護士借一顆鑽石，使遺產變成八顆。然後給女兒二分之一的四個、叔母四分之一的兩個、姪子八分之一的一個。最後的一個再還給護士就解決了問題。

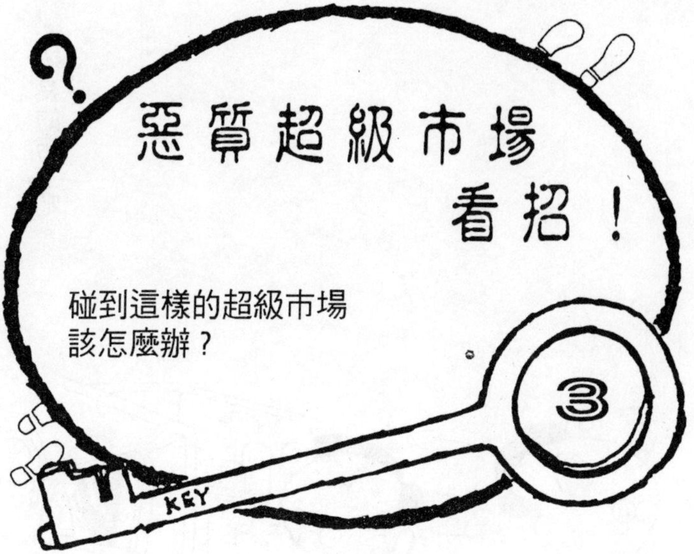
惡質超級市場
看招！
碰到這樣的超級市場
該怎麼辦？
3
KEY

超級市場堂而皇之地出售隨即損壞的商品而聞名。但是，那個地區因爲只有一家超級市場，消費者不得不上門消費。

舉例而言，某天店主在超級市場內檢查貨品時，發現了一個有瑕疵的皮包。

店主偷偷地窺視四周發現沒有任何顧客，於是稍微動了一點手腳，依定價出售給顧客。

顧客雖然仔細檢查之後再購買，然而回到家裡一看卻已來不及了。超級市場方面認爲那是特價品不可退貨。

那麼，店主所動的手腳是……。當然，當場並沒有修理的工具。

請你找出店主所動的手腳懲罰這個居

心不良的店主吧。

販賣部

答3

店主是把訂價的標籤貼在瑕疵上。太過份了吧！

超級市場

　媽媽前往購物的超級市場有各式各樣的商品較一般商店便宜。那是因爲他們大量採購同樣的商品，並且儘量減少店裡的工作人員，而使商品的價格減低。所以，雖然賣場廣大，店裡的人員卻不多。

　超級市場目前的經營形態已演變成自我服務型（自己選購商品然後到出口結帳）。現在也有些超級上場擁有獨自開發的商標商品，和一般商店的差距越來越大。

〈小常識〉

日本的大超級市場全國共有幾家？

①一〇〇〇家以內

②約二〇〇〇家

③三〇〇〇家以上

答／③

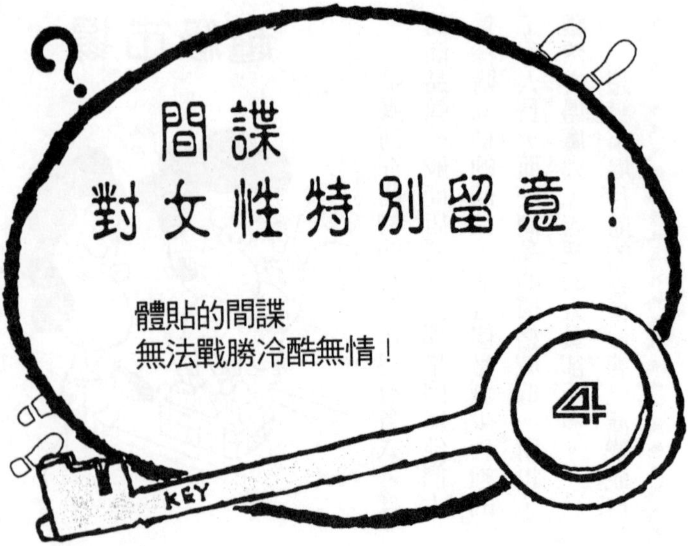

間諜 對女性特別留意！

體貼的間諜
無法戰勝冷酷無情！

某組織所派遣的狙擊手在大廈的屋頂架著槍靜靜地等候目標。

當天碰巧是個陰雨的天氣，樓下一片朦朧，無法清楚地看見景物。

突然，狙擊手接獲所狙擊目標的間諜伴同一名女性，撐著一把傘走出樓下咖啡廳的密報。

那位間諜因爲對女性過於體貼而造成糾紛，並且背叛了組織。爲了守住組織的秘密，必須消滅該間諜。

但是，看樓下的路上到處撐著雨傘，根本不清楚間諜撐的傘是那一把。但是，狙擊手訕笑了一下，隨即把叛徒的間諜幹掉了。

那麼，你知道對女性非常體貼的間諜是拿那一把傘嗎？弄錯目標可糟了哦！

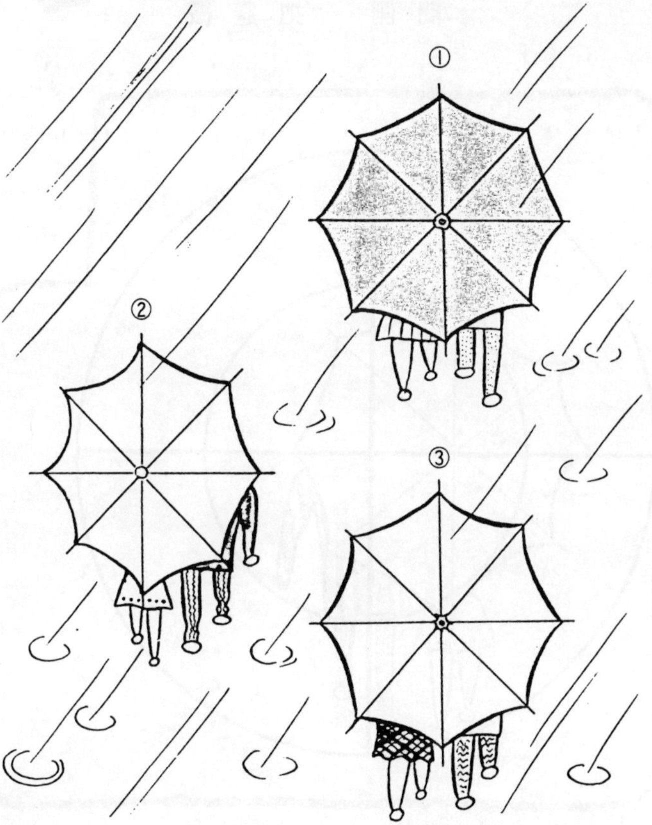

答4

撐②雨傘的是間諜。

你看，那把雨傘稍微傾向一邊吧。那是爲了避免同伴的女性淋濕，而把傘傾向一邊。

因此，②的傘下右側正是間諜。因爲，這位間諜對女性太溫柔了。

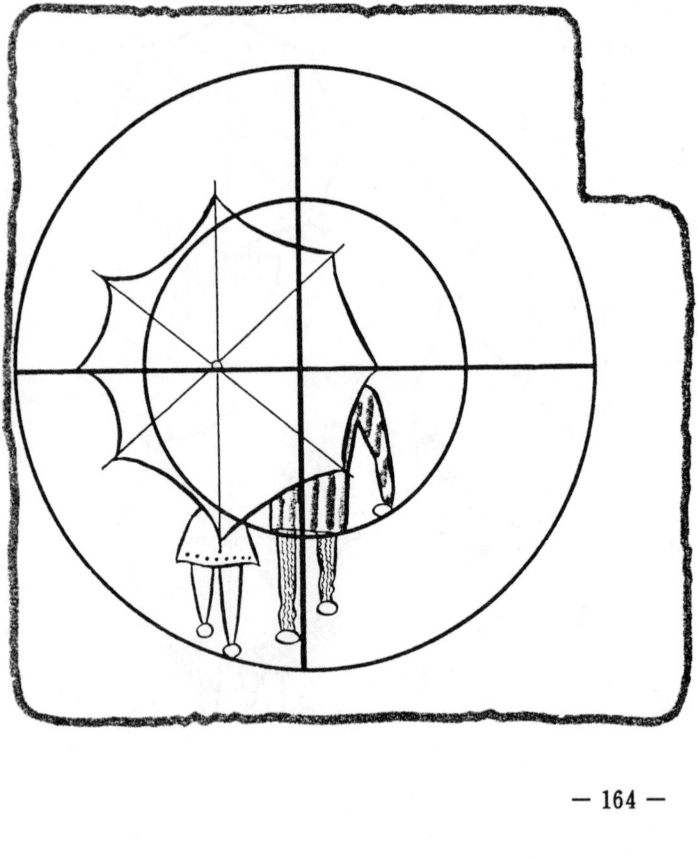

風景明信片
是SOS！
風景明信片若只寫文字
是救不了命的啊！
5
KEY

N博士是原子能方面才識淵博的科學家。有一天，博士被某國的諜報機關綁架並監禁在某處。

諜報機關的老大拿一張明信片和郵票給博士說：

「我們還不願意讓世人知道你被綁架了，因此，用這一張風景明信片告知家人你只是出外旅行罷了。當然，其他的事情一概不可以寫，只說出外旅行而已，我會叫部屬到你出遊的地方投遞。」

如此命令博士後離開了房間。

數天後，那張風景明信片送到N博士的家裡，文面上寫著：

「我突然想出外旅行，我非常平安，

不用擔心。」

但是N博士的夫人看了那張風景明信片立即發覺丈夫被綁架了。那麼，N博士所採取的連絡方法是什麼？

答5

N博士是在郵票的下面寫下細小的文字向妻子連絡。

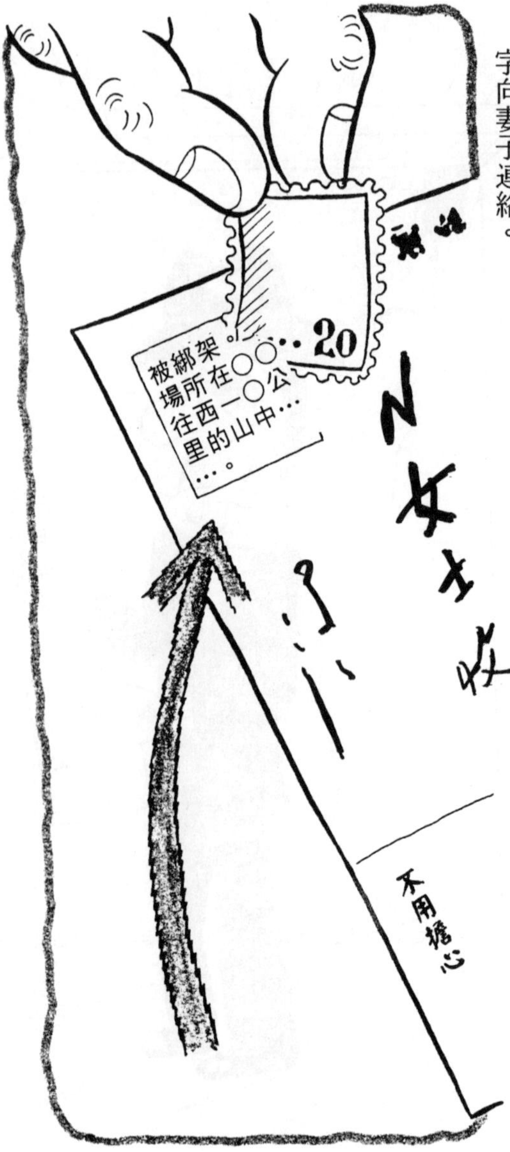

平日行事一絲不苟的博士從來不會寫這麼簡單的文章，當然，對於經常不告而出外旅行的博士而言，這個方法根本行不通。

郵票

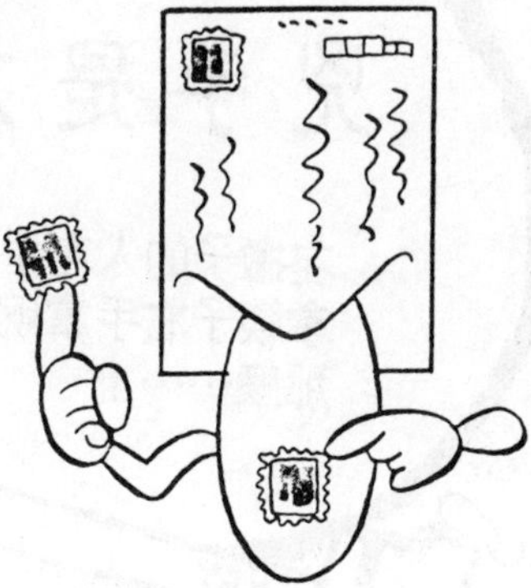

世界上最早的郵票是一八四〇年由英國所發行的——便士（便士是英國貨幣的單位）的郵票。那是張黑色印著維多利亞女王肖像的郵票，被稱爲「黑色便士」。這枚郵票並沒有四周的稜角，是用剪刀一刀一刀剪下來的。

日本是在一八七一年首次發行郵票，分成48文、100文、200文、500文（文是當時日本貨幣的單位）等四種郵票。

郵票除了平常郵件所使用之外，還有紀念、慶典或人物的紀念郵票、航空用的航空郵票等多種。令集郵者最感興趣的是紀念郵票。

〈小常識〉

集郵族所謂的「錯誤郵票」是什麼？

①圖畫、文字、色彩等弄錯的郵票。
②不小心從郵票中間破裂的郵票。
③紀念偉大人物所製做的郵票。

答／①

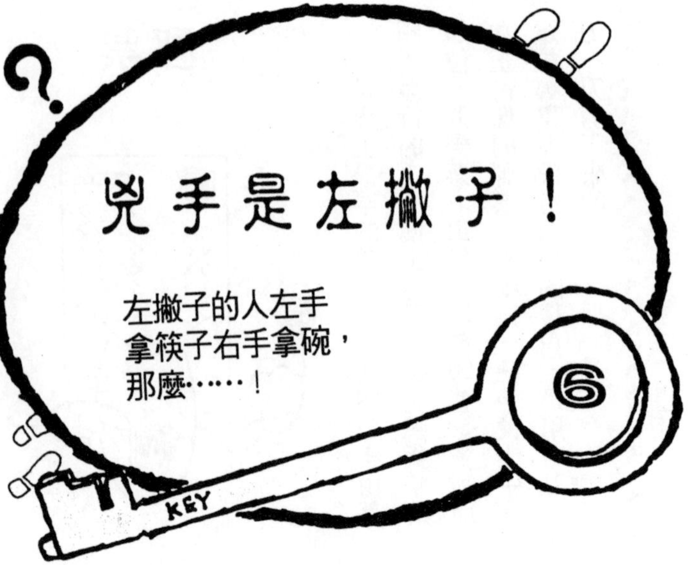

兇手是左撇子！
左撇子的人左手
拿筷子右手拿碗，
那麼……！

大富翁金先生被殺了！根據現場的狀況及目擊者的證言，只知到兇手是左撇子的男人。

首先警方找到對金先生懷恨在心的陳武雄。

黃警官趕緊連同初出茅蘆的刑警趕往陳武雄的公寓。但是，根據管理員的證詞，陳武雄在案發之後便出外旅行了。

新手刑警判斷這乃是遠走高飛，陳武雄正是兇手。但是，黃警官仔細觀察陳武雄的房間後靜靜地說：

「兇手是左撇子，陳武雄不是兇手。」

後來經過調查，陳武雄只不過是剛好

在案件發生後出外旅行，和殺人案件並無關係。

那麼，黃警官看了陳武雄的房間後爲什麼就知道陳武雄不是左撇子呢？你知道嗎？

答6

黃警官從房間的日曆察覺陳武雄並非左撇子。因爲日曆是朝右角的方向撕開，撕後的日曆紙重疊在右角。

這表示右手撇的人，用右手由左往右撕日曆的習慣。

新手刑警的經驗到底還不夠啊！

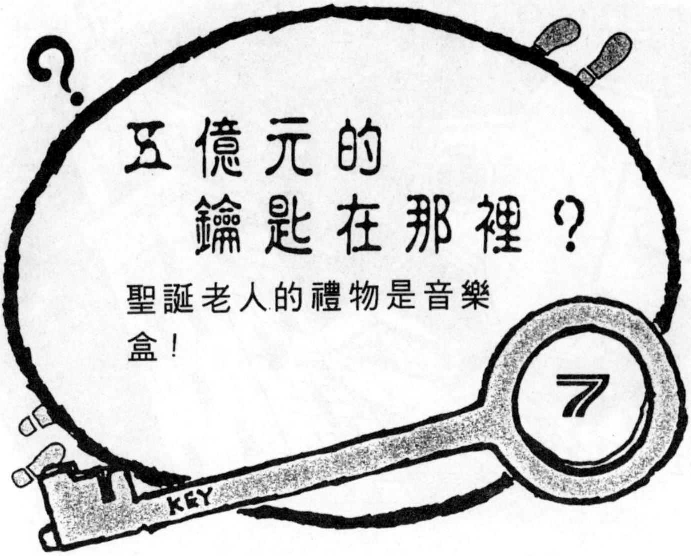

五億元的鑰匙在那裡？

聖誕老人的禮物是音樂盒！

聖誕節的晚上，某電話亭內躺著一具喬裝成聖誕老公公模樣的男屍體。這個男人是在一個月前襲擊銀行搶奪五億元的搶犯之一。

搶徒在一個月後的這個晚上個個喬裝成不同的模樣，打算聚集在這裡平分那五億元。但是，喬裝聖誕老公公的男人突然改變心意背叛同伴，打算一個人獨佔那筆巨款而被殺，其他搶徒並不知道五億元隱藏的場所。

不過，他們知道喬裝聖誕老公公的男人是把錢藏在租借的金庫裡，只不過他又把鑰匙藏起來而在招供前就死了。

喬裝聖誕老公公的男人似乎要告訴某

人藏匿鑰匙的場所而撥電話，不過，說不上幾句話就斷了氣，只有手上的音樂盒傳來「清聖之夜」的音樂。當然，音樂盒裡面並沒有放任何東西。

「混蛋！到底藏在那裡！」老大恨得直跺腳。

這時一名男人跑到跟前喊著說：「我知道了！我知道了！老大。」

那個男人隨即闖進附近的一所教堂。那麼，這個男人爲什麼認爲鑰匙放在教堂裡呢？

答 7

您知道「清聖之夜」的歌詞嗎？「……清聖的夜，星光閃亮，救主躺在聖母的胸膛……」對了，就是藏在聖母瑪麗亞塑像的裡面。喬裝聖誕老公公的男人是想利用「清聖之夜」的音樂告訴對方鑰匙的所在。

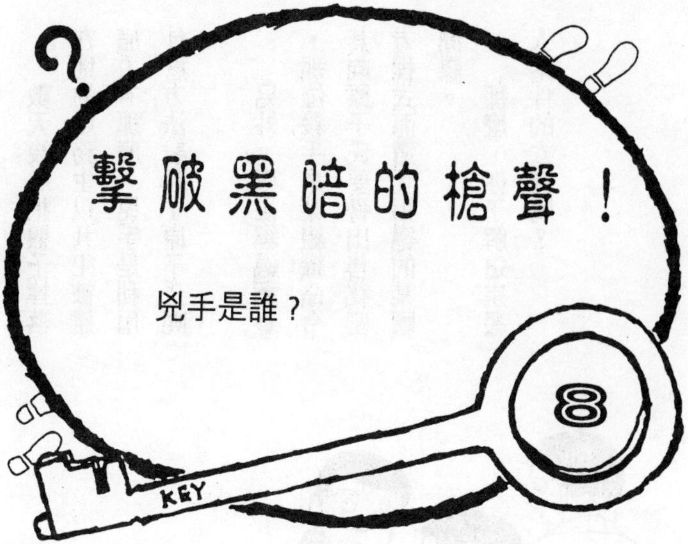

擊破黑暗的槍聲！

兇手是誰？

在中央飯店的大廳正舉行享譽日本的物理學者原子氏的還曆宴會。原子氏胸前戴著一朵用緞帶做成的大菊花，爲了向來賓致謝，站在講台上的麥克風前。

這時，在會場的後方，服務生不小心把銀盤掉在地板上而發出巨響。當會場的來賓一起轉頭朝向後方時，大廳的燈光突然消失，會場變成一片漆黑。

數秒鐘後當燈火再度通明時，竟然發現原子氏戴著緞帶菊花的胸口附近沾滿著血跡倒臥在地。

兇手是利用霎那間的黑暗，用消音槍射殺了原子氏。但是，在黑暗中有辦法從遠處對準原子氏的心臟射擊嗎？

數天後，把盤子掉落在地的服務生以共犯被逮捕了。那麼，兇手是利用什麼方法射殺了原子氏呢？

另外，事後經過調查，那位殺手是某組織命令其向原子氏要脅出售秘密方程式而遭受拒絕的某國間諜。

那麼，你了解這宗殺人案件的玄機嗎？

答 8

是的。正如你的推理，胸口的緞帶花裡塗有螢光劑，當照明消失時，會場的來賓因爲服務生發出的響聲而全體轉向後方。因此，沒有人發現發光的緞帶花，除了殺手的槍口以外……

飯店

據說飯店是起源於古希臘時代，近代化的飯店是在十九世紀左右才出現。據說日本是在鎌倉時代才有營業用的旅館，而現代化的旅館則是始於慶應三年（一八六七年）在東京的築地所搭建的「HOTEL館」。

現在的飯店種類非常多。有座落於市鎮上的CityHotel、而位於交通的終點、車站附近的則是TenminalHotel。同時，CityHotel之中也有以便宜住宿費服務消費者的商業旅館。至於位於山上、海邊、溫泉鄉、觀光地等的則稱爲休閒飯店。

〈小常識〉

日本飯店的樣式有法律的規定，請問房間的結構以下面那一種爲正確？

①全部房間的半數以上必須是洋式格局。

②全部房間的三分之二是洋式格局。

答／①

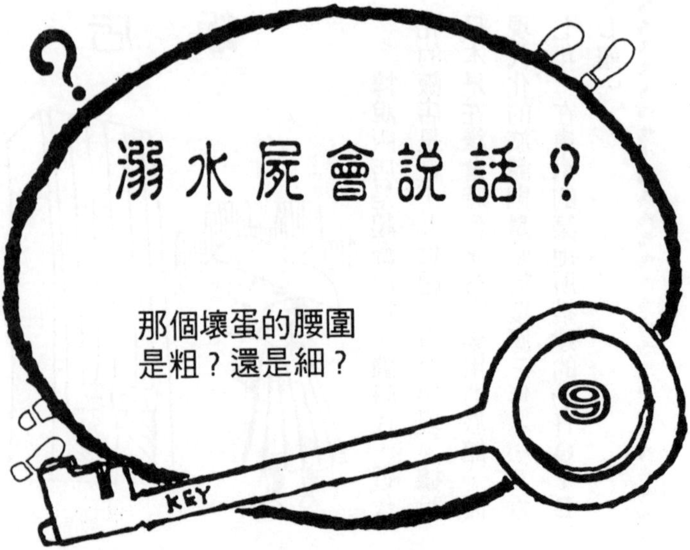

溺水屍會說話？

那個壞蛋的腰圍
是粗？還是細？

有一天，被全國通緝中的兇犯劉井雄寄給搜查本部下面一封信。

「前略，我深感我所犯下的罪行無可原諒，我已經沒有活下去的勇氣……」

換言之，這是一封預告自殺的信。

經過數天後，在東京灣發現劉井雄的屍體。從屍體上所穿著的服裝看來確實是劉井雄的衣物。不過，臉孔已浮腫腐爛，屍體嚴重受損的狀況已無法採集指紋。

看著這具屍體，黃警官對身旁的新手刑警說：

「劉井雄那傢伙又殺了人！眞可憐，這個死人是劉井雄的替身。」

「咦？爲什麼？」

「劉井雄沒有這麼胖。」

「警官，這個屍體是喝了水而腫起來的啊！」

「的確是如此，不過，劉井雄那傢伙犯下一個錯誤。」

經過解剖的結果，正如黃警官所言，死者並非劉井雄。

那麼，劉井雄所犯下的過失是什麼呢？

答 9

黃警官是檢查了屍體的腰帶扣環。腰帶上的扣環由於經常扣在同一個位置，所以會留下扣痕。但是，屍體身上所使用的腰帶是使用折痕以外的扣環。

從這一點黃警官判斷這具屍體並非劉井雄。不知那位菜鳥刑警到底在看什麼呢？

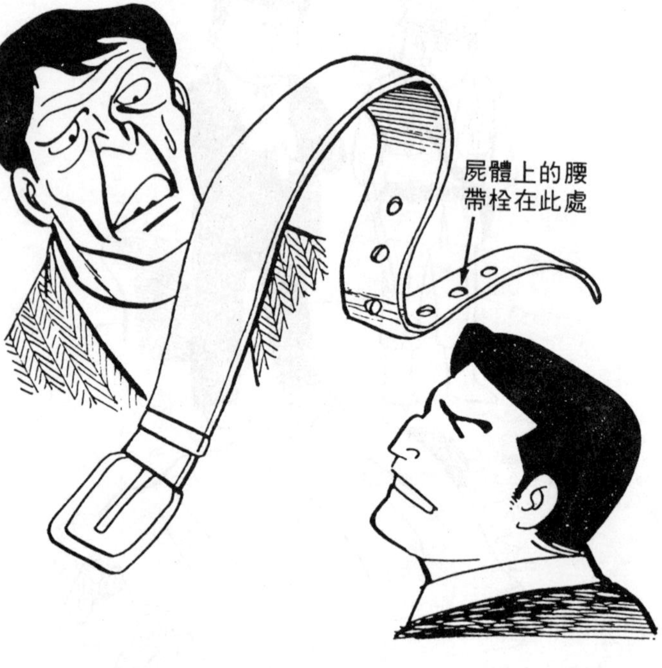

腰帶

據說腰帶的起源要追溯到古埃及時代，當時是在裙子的上面用布條捲住後垂到前方。開始出現皮腰帶是在中世紀中葉左右，不過，只有身分地位較高的人才繫腰帶。到了十二世紀，貴族的夫人間也利用美麗的腰帶以表示階級上的差別。

十五世紀後一般市民也使用腰帶。到了十九世紀，隨著男用長褲的普及，變成了和現代人所使用的腰帶相似的形狀。最近，皮帶的質材與種類非常豐富，有皮製、布製、金屬製、維尼龍製等等，在流行服飾上皮帶也成為裝飾品之一。

〈**小常識**〉

除了作業服使用腰帶之外，女用腰帶的目的是什麼？

①縮緊腹腰以避免小腹凸出。

②為了時髦。

③為了護身。

答／②

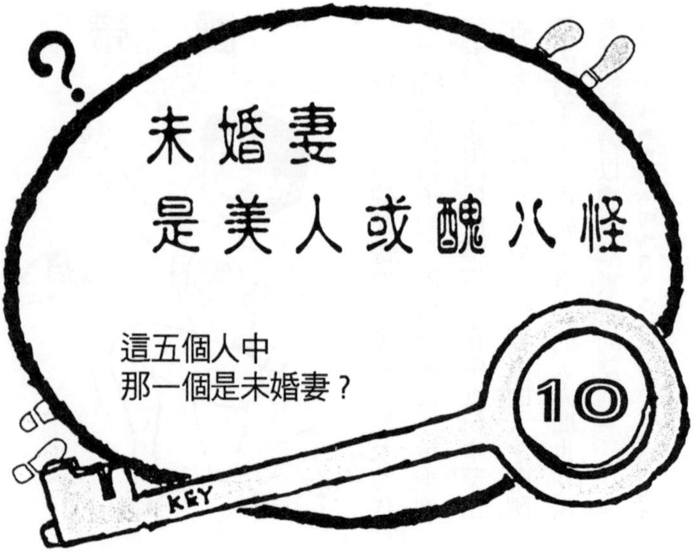
未婚妻
是美人或醜八怪
這五個人中
那一個是未婚妻？
10
KEY

王宗佐先生從早上開始就有點坐立不安，因爲，今天下午好朋友林先生要介紹他剛訂婚的女朋友給他認識。

於是，他們二人趕緊前往公園的噴水池邊和在那裡等候的未婚妻見面。不過，噴水池前面站著五個年輕的女孩。林先生的未婚妻似乎沒有察覺林先生已經來了。王宗佐先生問林先生那一個是他的未婚妻。

但是，林先生卻故弄玄虛地說：

「我的未婚妻是面向我們這邊比右邊的人還高，沒有掛項鍊的那一位。」

他只做這些暗示，那麼，你知道那一個女孩是林先生的未婚妻嗎？

王宗佐先生似乎已經明白了。

答10

符合林先生所提出的條件的人是面對我們這一邊從左邊數來第二個女孩。這個問題太簡單了吧。不過，她長得可眞美啊。羨慕死了！

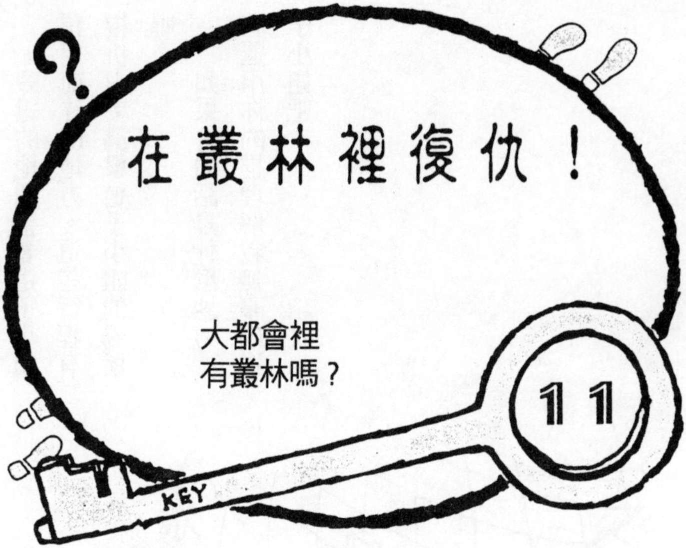

深伊氏現在是大名鼎鼎的飯店王，是目前日本實業界的主腦人物。不過，他曾經有一個恥為人知的過去。

那是在戰爭中，深伊氏為了自身的安全而把一名戰友捨棄在叢林的泥沼內。

三十多年後這位戰友寄來一封恐嚇信說要復仇。那位戰友似乎奇蹟似地從死裡逃生了。

而且，恐嚇信中寫著要把深伊氏視同掌上明珠的獨生女道子小姐在叢林中殺害以洩恨。大都會的東京在那個地方有叢林沼澤呢？

今天，道子小姐不知父親深伊氏的擔憂獨自外出了。

旁邊的地圖畫著道子小姐預定前往的地方。這些行程有復仇者要襲擊道子小姐的場所嗎？

如果有的話是什麼地方？請運用你的推理解救無辜的道子小姐吧！

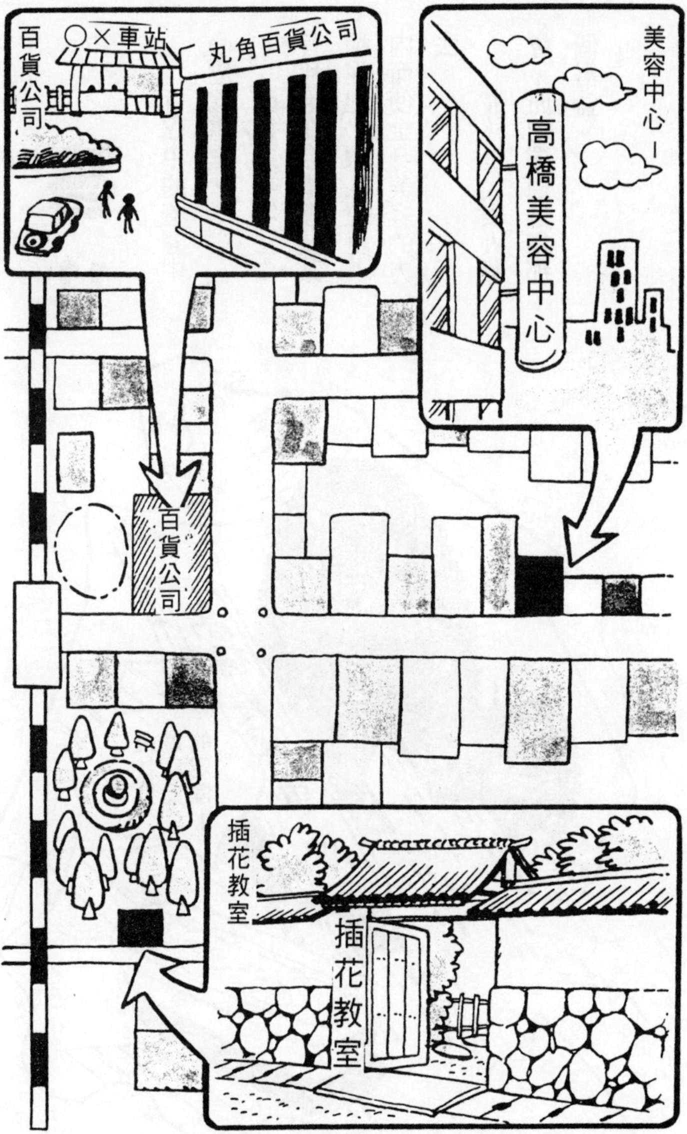
百貨公司
○×車站
丸角百貨公司
美容中心
高橋美容中心
百貨公司
插花教室
插花教室

答 11

行程中的美容中心危機重重。

因爲，美容法中有利用在浴槽裡裝某種泥巴，讓人置身其內而使全身美容的方法。

叢林是代表大都會，而沼澤則是指那個浴盆。

叢林

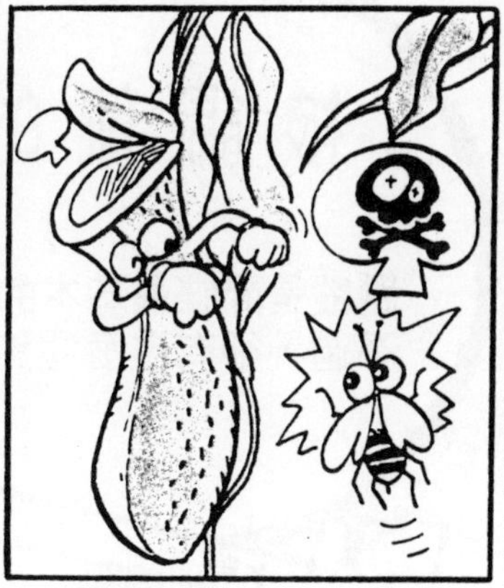

所謂叢林是指樹木叢生的巨大森林。

叢林主要位於非洲的剛果、南美的亞瑪遜、東南亞、印度等地帶，都是位於赤道附近氣溫高而多雨的地方。

叢林地帶的樹木不會因季節的更替而使枝葉枯萎，到處密佈著巨大的樹木，藤蔓植物互相糾葛蔚成濃蔭，即使是白天陽光也無法照射進去。

同時，叢林裡有許多毒蟲、黴菌，不適合人的生活。植物的種類非常多，甚至還有食蟲植物等怪異的生物。食蟲植物會自己捕獵昆蟲做糧食，不過，光是其種類就有數百種。

〈小常識〉

食蟲植物所吃的食物的大小如何？

①再大也比不過昆蟲大。

②可以吃到像小鳥一樣大的東西。

③也有像人的兒童一般大小的食物。

答／②

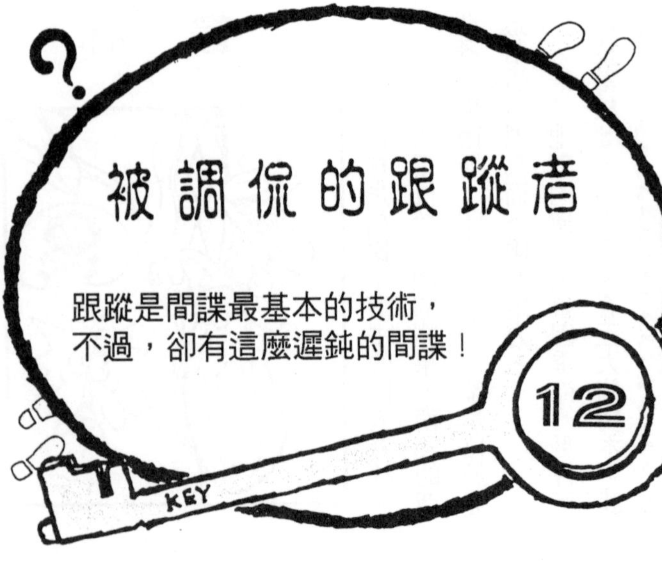

被調侃的跟蹤者

跟蹤是間諜最基本的技術，
不過，卻有這麼遲鈍的間諜！

左秋美外表看起來是一般的家庭主婦，不過，事實上是某國間諜機關的優秀連絡人。敵國的Z機關好不容易發現這個事實，於是派遣一名優秀的諜報員專門監視左秋美。

那個諜報員從左秋美在家裡的生活乃至戶外的活動整天寸步不離地盯視著。但是，從一天的行動中看來，並沒有發現和其他間諜接觸的樣子。

當然，他也竊聽左秋美的電話，所以，如果有可疑的連絡隨即就明白。而且，對於左秋美的丈夫從調查中發現只不過是個平凡的上班族。

左秋美今天送丈夫出門上班後也到外

頭購物。她到百貨公司購完物後到地下街閒逛，然後在甜點商店吃了蜜豆……。回到家後又拿著購物籃外出到車站前的商店街購買晚餐的佐料，跟蹤在後的諜報員已經筋疲力盡。

但是，這個過程中左秋美已經連絡了一個極爲重要的情報。當然，如果拿錢交換物品時順便遞上字條的話，一定會被諜報員看見。那麼，左秋美所採取的連絡方法到底是什麼呢？

答12

左秋美之所以頻繁地外出乃是爲了將諜報員的監視從左秋美的家中岔開，而當左秋美不在家的時候，與其同伙的間諜利用副鑰匙進入家內，把連絡的字條、文件帶走。你知道了嗎？

左秋美的家
還順利嗎？
是啊，當然，他還跟在我的後頭團團轉呢哈哈哈……
文

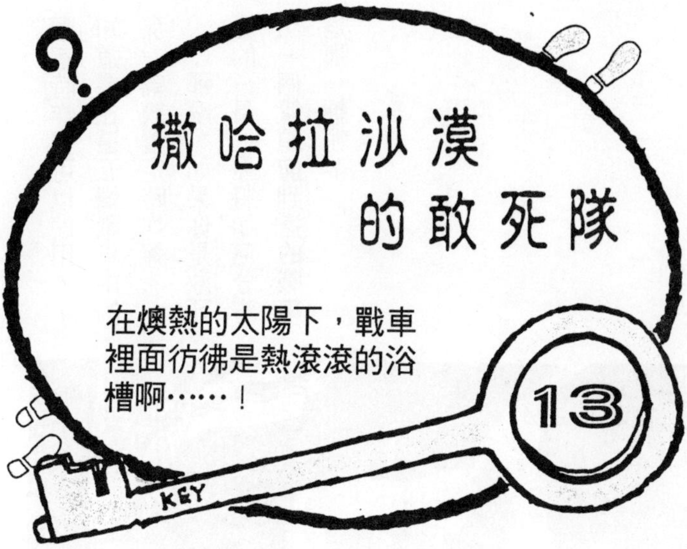

撒哈拉沙漠的敢死隊

在燠熱的太陽下，戰車裡面彷彿是熱滾滾的浴槽啊……！

13

這裡是位於撒哈拉沙漠的德軍地下軍事基地。地下倉庫裡隱藏著五輛戰車。

這時，有三名黑色戎裝的男人闖入地下倉庫。他們似乎是聯合軍方面的敢死隊。

「這五輛戰車中，只有一輛是一個鐘頭前的下午五點左右才到達這裡。」

「這麼說，敵人的連絡將校是搭著那輛戰車進來的囉。」

「是的。而且，明天早上八點會搭那輛戰車從這裡出發往下一個目的地。」

「我們是要在那輛戰車上裝定時炸彈。」

「但是，因為我們的過失，只剩下一

顆定時炸彈可以使用。不知道要在這五輛戰車中的那一輛放置定時炸彈。」

那麼，如果你是敢死隊的一員，你將如何分辨出一個鐘頭前到達的戰車是那一輛呢？

答 13

其實非常簡單，只要用手摸摸這五輛戰車就行了。在炙熱的沙漠中行駛，車體的表面據說彷彿像烤蛋一樣燙熱。

用手撫摸若還有餘熱時，就是連絡將校所搭乘進來的戰車。

戰車

近代化的戰車首次登場是在一九一六年第一次世界戰爭中的法國北部松姆戰場。那是英國的M1型戰車，雖然有四十九輛的戰車參與這次的戰役，不過，據說只有其中數輛戰車到達目的地。

但是，從第一次世界大戰到第二次世界大戰，隨著戰爭的發生戰車也隨著進步。現代的戰車已能爬陡坡、穿過垂直的牆壁、渡過小河川，性能有長足的進步。同時，不僅有大砲，也有地對地、地對空、雷達、火燄發射器等裝備有強力武器的戰車。雖然戰車外型雄偉，但是最好還是不要發生需要這麼令人恐懼的戰車戰爭。

〈小常識〉

一般戰車的性能都非常優越，不過，你認爲可以在斜坡上橫著開戰車嗎？

①可以。

②不可以。

③會翻車再直立起來。

答／①

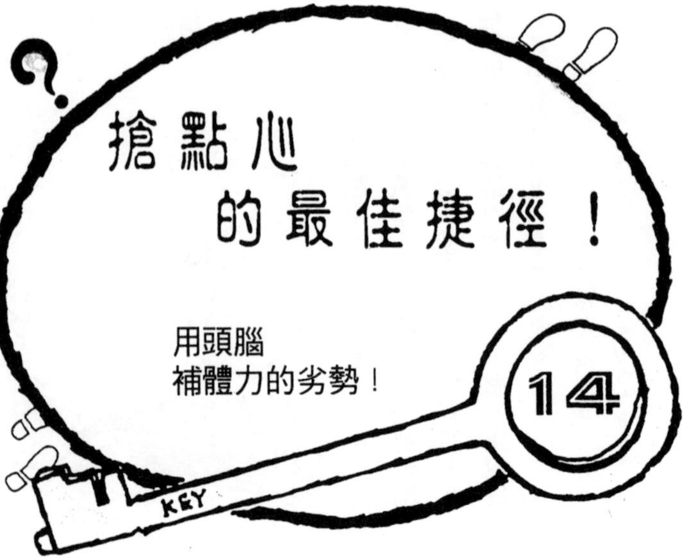

14 搶點心的最佳捷徑！

用頭腦補體力的劣勢！

正值調皮搗蛋年齡的三郎和兄弟們在戶外遊戲，大家玩得全身髒兮兮。現在正好是吃點心的時間。母親從家裡的窗口喊著說：「小朋友，在河邊把手腳洗乾淨再來吃點心。」

由於兄弟多，如果不早一點跑回家就無法拿到較多的零食。三郎必須克服身材瘦小的不利條件，想辦法比兄弟們更早回到家。

那麼，如果三郎走到河邊洗淨手腳再回家的話，應該採取那一個距離才是回到家的最短距離？

太郎
次郎
三郎
四郎
?

答14

在河川的對岸找一個和自家遙遙相對的對稱點，那一點和三郎連接成的直線和川邊所交叉的地點就是三郎跑回家的最短距離的起點。

這是利用二點間的最短距離是直線的原理。

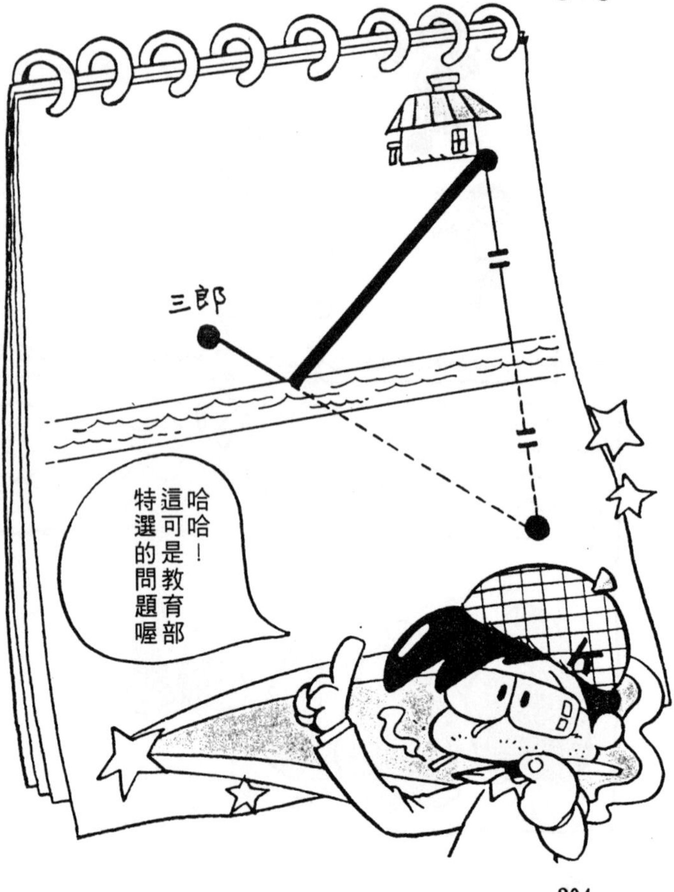

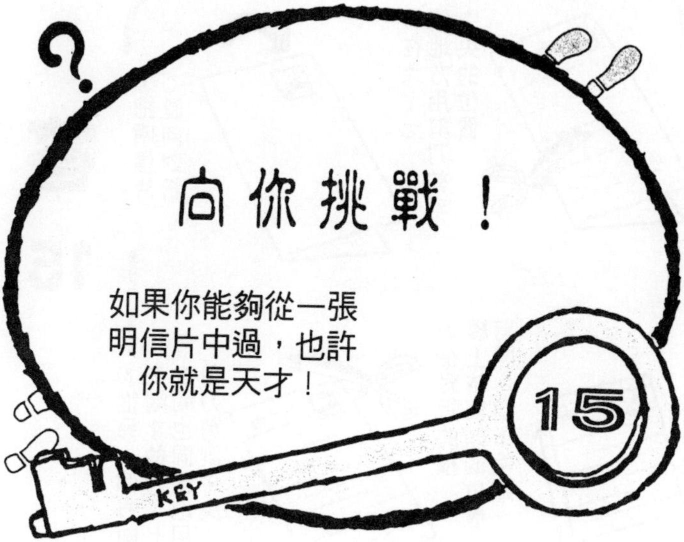
向你挑戰！
如果你能夠從一張明信片中過，也許你就是天才！
15
KEY

等候已久的新年終於來了，永慶拿著父親給的紅包和禮物後，父親給他出了一個難題。

「永慶，你如果能夠穿過這張明信片，我就給你更多的紅包。」

那麼，永慶辦得到嗎？你也幫個忙吧！

答15

依圖的方式就可穿過一張小小的明信片。

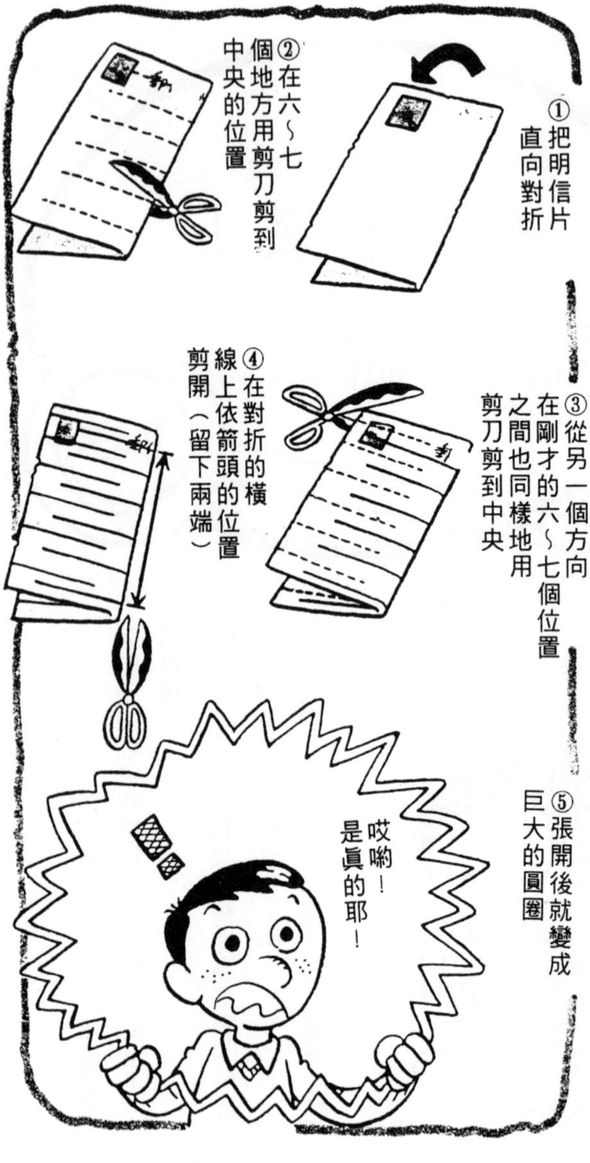
①把明信片直向對折
②在六～七個地方用剪刀剪到中央的位置
③從另一個方向在剛才的六～七個位置之間也同樣地用剪刀剪到中央
④在對折的橫線上依箭頭的位置剪開（留下兩端）
⑤張開後就變成巨大的圓圈
哎喲！是真的耶！

大展出版社有限公司　圖書目錄

地址：台北市北投區(石牌)
致遠一路二段12巷1號
郵撥：0166955～1

電話：(02)28236031
28236033
傳真：(02)28272069

・法律專欄連載・電腦編號 58

台大法學院　法律學系／策劃
法律服務社／編著

1. 別讓您的權利睡著了 [1]　200元
2. 別讓您的權利睡著了 [2]　200元

・秘傳占卜系列・電腦編號 14

1. 手相術	淺野八郎著	180元
2. 人相術	淺野八郎著	180元
3. 西洋占星術	淺野八郎著	180元
4. 中國神奇占卜	淺野八郎著	150元
5. 夢判斷	淺野八郎著	150元
6. 前世、來世占卜	淺野八郎著	150元
7. 法國式血型學	淺野八郎著	150元
8. 靈感、符咒學	淺野八郎著	150元
9. 紙牌占卜學	淺野八郎著	150元
10. ESP 超能力占卜	淺野八郎著	150元
11. 猶太數的秘術	淺野八郎著	150元
12. 新心理測驗	淺野八郎著	160元
13. 塔羅牌預言秘法	淺野八郎著	200元

・趣味心理講座・電腦編號 15

1. 性格測驗① 探索男與女	淺野八郎著	140元
2. 性格測驗② 透視人心奧秘	淺野八郎著	140元
3. 性格測驗③ 發現陌生的自己	淺野八郎著	140元
4. 性格測驗④ 發現你的真面目	淺野八郎著	140元
5. 性格測驗⑤ 讓你們吃驚	淺野八郎著	140元
6. 性格測驗⑥ 洞穿心理盲點	淺野八郎著	140元
7. 性格測驗⑦ 探索對方心理	淺野八郎著	140元
8. 性格測驗⑧ 由吃認識自己	淺野八郎著	160元
9. 性格測驗⑨ 戀愛知多少	淺野八郎著	160元
10. 性格測驗⑩ 由裝扮瞭解人心	淺野八郎著	160元

11.	性格測驗⑪ 敲開內心玄機	淺野八郎著	140 元
12.	性格測驗⑫ 透視你的未來	淺野八郎著	160 元
13.	血型與你的一生	淺野八郎著	160 元
14.	趣味推理遊戲	淺野八郎著	160 元
15.	行為語言解析	淺野八郎著	160 元

·婦 幼 天 地· 電腦編號 16

1.	八萬人減肥成果	黃靜香譯	180 元
2.	三分鐘減肥體操	楊鴻儒譯	150 元
3.	窈窕淑女美髮秘訣	柯素娥譯	130 元
4.	使妳更迷人	成　玉譯	130 元
5.	女性的更年期	官舒姸編譯	160 元
6.	胎內育兒法	李玉瓊編譯	150 元
7.	早產兒袋鼠式護理	唐岱蘭譯	200 元
8.	初次懷孕與生產	婦幼天地編譯組	180 元
9.	初次育兒 12 個月	婦幼天地編譯組	180 元
10.	斷乳食與幼兒食	婦幼天地編譯組	180 元
11.	培養幼兒能力與性向	婦幼天地編譯組	180 元
12.	培養幼兒創造力的玩具與遊戲	婦幼天地編譯組	180 元
13.	幼兒的症狀與疾病	婦幼天地編譯組	180 元
14.	腿部苗條健美法	婦幼天地編譯組	180 元
15.	女性腰痛別忽視	婦幼天地編譯組	150 元
16.	舒展身心體操術	李玉瓊編譯	130 元
17.	三分鐘臉部體操	趙薇妮著	160 元
18.	生動的笑容表情術	趙薇妮著	160 元
19.	心曠神怡減肥法	川津祐介著	130 元
20.	內衣使妳更美麗	陳玄茹譯	130 元
21.	瑜伽美姿美容	黃靜香編著	180 元
22.	高雅女性裝扮學	陳珮玲譯	180 元
23.	蠶糞肌膚美顏法	坂梨秀子著	160 元
24.	認識妳的身體	李玉瓊譯	160 元
25.	產後恢復苗條體態	居理安・芙萊喬著	200 元
26.	正確護髮美容法	山崎伊久江著	180 元
27.	安琪拉美姿養生學	安琪拉蘭斯博瑞著	180 元
28.	女體性醫學剖析	增田豐著	220 元
29.	懷孕與生產剖析	岡部綾子著	180 元
30.	斷奶後的健康育兒	東城百合子著	220 元
31.	引出孩子幹勁的責罵藝術	多湖輝著	170 元
32.	培養孩子獨立的藝術	多湖輝著	170 元
33.	子宮肌瘤與卵巢囊腫	陳秀琳編著	180 元
34.	下半身減肥法	納他夏・史達賓著	180 元
35.	女性自然美容法	吳雅菁編著	180 元
36.	再也不發胖	池園悅太郎著	170 元

37. 生男生女控制術	中垣勝裕著	220 元
38. 使妳的肌膚更亮麗	楊　皓編著	170 元
39. 臉部輪廓變美	芝崎義夫著	180 元
40. 斑點、皺紋自己治療	高須克彌著	180 元
41. 面皰自己治療	伊藤雄康著	180 元
42. 隨心所欲瘦身冥想法	原久子著	180 元
43. 胎兒革命	鈴木丈織著	180 元
44. NS 磁氣平衡法塑造窈窕奇蹟	古屋和江著	180 元
45. 享瘦從腳開始	山田陽子著	180 元
46. 小改變瘦 4 公斤	宮本裕子著	180 元
47. 軟管減肥瘦身	高橋輝男著	180 元
48. 海藻精神秘美容法	劉名揚編著	180 元
49. 肌膚保養與脫毛	鈴木真理著	180 元
50. 10 天減肥 3 公斤	彤雲編輯組	180 元
51. 穿出自己的品味	西村玲子著	280 元
52. 小孩髮型設計	李芳黛譯	250 元

·青春天地· 電腦編號 17

1. A 血型與星座	柯素娥編譯	160 元
2. B 血型與星座	柯素娥編譯	160 元
3. O 血型與星座	柯素娥編譯	160 元
4. AB 血型與星座	柯素娥編譯	120 元
5. 青春期性教室	呂貴嵐編譯	130 元
7. 難解數學破題	宋釗宜編譯	130 元
9. 小論文寫作秘訣	林顯茂編譯	120 元
11. 中學生野外遊戲	熊谷康編著	120 元
12. 恐怖極短篇	柯素娥編譯	130 元
13. 恐怖夜話	小毛驢編譯	130 元
14. 恐怖幽默短篇	小毛驢編譯	120 元
15. 黑色幽默短篇	小毛驢編譯	120 元
16. 靈異怪談	小毛驢編譯	130 元
17. 錯覺遊戲	小毛驢編著	130 元
18. 整人遊戲	小毛驢編著	150 元
19. 有趣的超常識	柯素娥編譯	130 元
20. 哦！原來如此	林慶旺編譯	130 元
21. 趣味競賽 100 種	劉名揚編譯	120 元
22. 數學謎題入門	宋釗宜編譯	150 元
23. 數學謎題解析	宋釗宜編譯	150 元
24. 透視男女心理	林慶旺編譯	120 元
25. 少女情懷的自白	李桂蘭編譯	120 元
26. 由兄弟姊妹看命運	李玉瓊編譯	130 元
27. 趣味的科學魔術	林慶旺編譯	150 元
28. 趣味的心理實驗室	李燕玲編譯	150 元

29. 愛與性心理測驗	小毛驢編譯	130 元
30. 刑案推理解謎	小毛驢編譯	180 元
31. 偵探常識推理	小毛驢編譯	180 元
32. 偵探常識解謎	小毛驢編譯	130 元
33. 偵探推理遊戲	小毛驢編譯	130 元
34. 趣味的超魔術	廖玉山編著	150 元
35. 趣味的珍奇發明	柯素娥編著	150 元
36. 登山用具與技巧	陳瑞菊編著	150 元
37. 性的漫談	蘇燕謀編著	180 元
38. 無的漫談	蘇燕謀編著	180 元
39. 黑色漫談	蘇燕謀編著	180 元
40. 白色漫談	蘇燕謀編著	180 元

・健康天地・電腦編號 18

1. 壓力的預防與治療	柯素娥編譯	130 元
2. 超科學氣的魔力	柯素娥編譯	130 元
3. 尿療法治病的神奇	中尾良一著	130 元
4. 鐵證如山的尿療法奇蹟	廖玉山譯	120 元
5. 一日斷食健康法	葉慈容編譯	150 元
6. 胃部強健法	陳炳崑譯	120 元
7. 癌症早期檢查法	廖松濤譯	160 元
8. 老人痴呆症防止法	柯素娥編譯	130 元
9. 松葉汁健康飲料	陳麗芬編譯	130 元
10. 揉肚臍健康法	永井秋夫著	150 元
11. 過勞死、猝死的預防	卓秀貞編譯	130 元
12. 高血壓治療與飲食	藤山順豐著	180 元
13. 老人看護指南	柯素娥編譯	150 元
14. 美容外科淺談	楊啟宏著	150 元
15. 美容外科新境界	楊啟宏著	150 元
16. 鹽是天然的醫生	西英司郎著	140 元
17. 年輕十歲不是夢	梁瑞麟譯	200 元
18. 茶料理治百病	桑野和民著	180 元
19. 綠茶治病寶典	桑野和民著	150 元
20. 杜仲茶養顏減肥法	西田博著	150 元
21. 蜂膠驚人療效	瀨長良三郎著	180 元
22. 蜂膠治百病	瀨長良三郎著	180 元
23. 醫藥與生活(一)	鄭炳全著	180 元
24. 鈣長生寶典	落合敏著	180 元
25. 大蒜長生寶典	木下繁太郎著	160 元
26. 居家自我健康檢查	石川恭三著	160 元
27. 永恆的健康人生	李秀鈴譯	200 元
28. 大豆卵磷脂長生寶典	劉雪卿譯	150 元
29. 芳香療法	梁艾琳譯	160 元

30. 醋長生寶典	柯素娥譯	180 元
31. 從星座透視健康	席拉・吉蒂斯著	180 元
32. 愉悅自在保健學	野本二士夫著	160 元
33. 裸睡健康法	丸山淳士等著	160 元
34. 糖尿病預防與治療	藤田順豐著	180 元
35. 維他命長生寶典	菅原明子著	180 元
36. 維他命 C 新效果	鐘文訓編	150 元
37. 手、腳病理按摩	堤芳朗著	160 元
38. AIDS 瞭解與預防	彼得塔歇爾著	180 元
39. 甲殼質殼聚糖健康法	沈永嘉譯	160 元
40. 神經痛預防與治療	木下真男著	160 元
41. 室內身體鍛鍊法	陳炳崑編著	160 元
42. 吃出健康藥膳	劉大器編著	180 元
43. 自我指壓術	蘇燕謀編著	160 元
44. 紅蘿蔔汁斷食療法	李玉瓊編著	150 元
45. 洗心術健康秘法	竺翠萍編譯	170 元
46. 枇杷葉健康療法	柯素娥編譯	180 元
47. 抗衰血癒	楊啟宏著	180 元
48. 與癌搏鬥記	逸見政孝著	180 元
49. 冬蟲夏草長生寶典	高橋義博著	170 元
50. 痔瘡・大腸疾病先端療法	宮島伸宜著	180 元
51. 膠布治癒頑固慢性病	加瀨建造著	180 元
52. 芝麻神奇健康法	小林貞作著	170 元
53. 香煙能防止癡呆？	高田明和著	180 元
54. 穀菜食治癌療法	佐藤成志著	180 元
55. 貼藥健康法	松原英多著	180 元
56. 克服癌症調和道呼吸法	帶津良一著	180 元
57. B 型肝炎預防與治療	野村喜重郎著	180 元
58. 青春永駐養生導引術	早島正雄著	180 元
59. 改變呼吸法創造健康	原久子著	180 元
60. 荷爾蒙平衡養生秘訣	出村博著	180 元
61. 水美肌健康法	井戶勝富著	170 元
62. 認識食物掌握健康	廖梅珠編著	170 元
63. 痛風劇痛消除法	鈴木吉彥著	180 元
64. 酸莖菌驚人療效	上田明彥著	180 元
65. 大豆卵磷脂治現代病	神津健一著	200 元
66. 時辰療法—危險時刻凌晨 4 時	呂建強等著	180 元
67. 自然治癒力提升法	帶津良一著	180 元
68. 巧妙的氣保健法	藤平墨子著	180 元
69. 治癒 C 型肝炎	熊田博光著	180 元
70. 肝臟病預防與治療	劉名揚編著	180 元
71. 腰痛平衡療法	荒井政信著	180 元
72. 根治多汗症、狐臭	稻葉益巳著	220 元
73. 40 歲以後的骨質疏鬆症	沈永嘉譯	180 元

74. 認識中藥　松下一成著　180 元
75. 認識氣的科學　佐佐木茂美著　180 元
76. 我戰勝了癌症　安田伸著　180 元
77. 斑點是身心的危險信號　中野進著　180 元
78. 艾波拉病毒大震撼　玉川重德著　180 元
79. 重新還我黑髮　桑名隆一郎著　180 元
80. 身體節律與健康　林博史著　180 元
81. 生薑治萬病　石原結實著　180 元
82. 靈芝治百病　陳瑞東著　180 元
83. 木炭驚人的威力　大槻彰著　200 元
84. 認識活性氧　井土貴司著　180 元
85. 深海鮫治百病　廖玉山編著　180 元
86. 神奇的蜂王乳　井上丹治著　180 元
87. 卡拉 OK 健腦法　東潔著　180 元
88. 卡拉 OK 健康法　福田伴男著　180 元
89. 醫藥與生活(二)　鄭炳全著　200 元
90. 洋蔥治百病　宮尾興平著　180 元
91. 年輕 10 歲快步健康法　石塚忠雄著　180 元
92. 石榴的驚人神效　岡本順子著　180 元
93. 飲料健康法　白鳥早奈英著　180 元
94. 健康棒體操　劉名揚編譯　180 元
95. 催眠健康法　蕭京凌編著　180 元
96. 鬱金（美王）治百病　水野修一著　180 元

・實用女性學講座・電腦編號 19

1. 解讀女性內心世界　島田一男著　150 元
2. 塑造成熟的女性　島田一男著　150 元
3. 女性整體裝扮學　黃靜香編著　180 元
4. 女性應對禮儀　黃靜香編著　180 元
5. 女性婚前必修　小野十傳著　200 元
6. 徹底瞭解女人　田口二州著　180 元
7. 拆穿女性謊言 88 招　島田一男著　200 元
8. 解讀女人心　島田一男著　200 元
9. 俘獲女性絕招　志賀貢著　200 元
10. 愛情的壓力解套　中村理英子著　200 元
11. 妳是人見人愛的女孩　廖松濤編著　200 元

・校園系列・電腦編號 20

1. 讀書集中術　多湖輝著　180 元
2. 應考的訣竅　多湖輝著　150 元
3. 輕鬆讀書贏得聯考　多湖輝著　150 元

4.	讀書記憶秘訣	多湖輝著	150 元
5.	視力恢復！超速讀術	江錦雲譯	180 元
6.	讀書 36 計	黃柏松編著	180 元
7.	驚人的速讀術	鐘文訓編著	170 元
8.	學生課業輔導良方	多湖輝著	180 元
9.	超速讀超記憶法	廖松濤編著	180 元
10.	速算解題技巧	宋釗宜編著	200 元
11.	看圖學英文	陳炳崑編著	200 元
12.	讓孩子最喜歡數學	沈永嘉譯	180 元
13.	催眠記憶術	林碧清譯	180 元
14.	催眠速讀術	林碧清譯	180 元
15.	數學式思考學習法	劉淑錦譯	200 元
16.	考試憑要領	劉孝暉著	180 元
17.	事半功倍讀書法	王毅希著	200 元
18.	超金榜題名術	陳蒼杰譯	200 元

・實用心理學講座・電腦編號 21

1.	拆穿欺騙伎倆	多湖輝著	140 元
2.	創造好構想	多湖輝著	140 元
3.	面對面心理術	多湖輝著	160 元
4.	偽裝心理術	多湖輝著	140 元
5.	透視人性弱點	多湖輝著	140 元
6.	自我表現術	多湖輝著	180 元
7.	不可思議的人性心理	多湖輝著	180 元
8.	催眠術入門	多湖輝著	150 元
9.	責罵部屬的藝術	多湖輝著	150 元
10.	精神力	多湖輝著	150 元
11.	厚黑說服術	多湖輝著	150 元
12.	集中力	多湖輝著	150 元
13.	構想力	多湖輝著	150 元
14.	深層心理術	多湖輝著	160 元
15.	深層語言術	多湖輝著	160 元
16.	深層說服術	多湖輝著	180 元
17.	掌握潛在心理	多湖輝著	160 元
18.	洞悉心理陷阱	多湖輝著	180 元
19.	解讀金錢心理	多湖輝著	180 元
20.	拆穿語言圈套	多湖輝著	180 元
21.	語言的內心玄機	多湖輝著	180 元
22.	積極力	多湖輝著	180 元

・超現實心理講座・電腦編號 22

1.	超意識覺醒法	詹蔚芬編譯	130 元
2.	護摩秘法與人生	劉名揚編譯	130 元
3.	秘法！超級仙術入門	陸明譯	150 元
4.	給地球人的訊息	柯素娥編著	150 元
5.	密教的神通力	劉名揚編著	130 元
6.	神秘奇妙的世界	平川陽一著	200 元
7.	地球文明的超革命	吳秋嬌譯	200 元
8.	力量石的秘密	吳秋嬌譯	180 元
9.	超能力的靈異世界	馬小莉譯	200 元
10.	逃離地球毀滅的命運	吳秋嬌譯	200 元
11.	宇宙與地球終結之謎	南山宏著	200 元
12.	驚世奇功揭秘	傅起鳳著	200 元
13.	啟發身心潛力心象訓練法	栗田昌裕著	180 元
14.	仙道術遁甲法	高藤聰一郎著	220 元
15.	神通力的秘密	中岡俊哉著	180 元
16.	仙人成仙術	高藤聰一郎著	200 元
17.	仙道符咒氣功法	高藤聰一郎著	220 元
18.	仙道風水術尋龍法	高藤聰一郎著	200 元
19.	仙道奇蹟超幻像	高藤聰一郎著	200 元
20.	仙道鍊金術房中法	高藤聰一郎著	200 元
21.	奇蹟超醫療治癒難病	深野一幸著	220 元
22.	揭開月球的神秘力量	超科學研究會	180 元
23.	西藏密教奧義	高藤聰一郎著	250 元
24.	改變你的夢術入門	高藤聰一郎著	250 元
25.	21 世紀拯救地球超技術	深野一幸著	250 元

・養 生 保 健・電腦編號 23

1.	醫療養生氣功	黃孝寬著	250 元
2.	中國氣功圖譜	余功保著	250 元
3.	少林醫療氣功精粹	井玉蘭著	250 元
4.	龍形實用氣功	吳大才等著	220 元
5.	魚戲增視強身氣功	宮　嬰著	220 元
6.	嚴新氣功	前新培金著	250 元
7.	道家玄牝氣功	張　章著	200 元
8.	仙家秘傳袪病功	李遠國著	160 元
9.	少林十大健身功	秦慶豐著	180 元
10.	中國自控氣功	張明武著	250 元
11.	醫療防癌氣功	黃孝寬著	250 元
12.	醫療強身氣功	黃孝寬著	250 元
13.	醫療點穴氣功	黃孝寬著	250 元

14. 中國八卦如意功	趙維漢著	180 元
15. 正宗馬禮堂養氣功	馬禮堂著	420 元
16. 秘傳道家筋經內丹功	王慶餘著	280 元
17. 三元開慧功	辛桂林著	250 元
18. 防癌治癌新氣功	郭　林著	180 元
19. 禪定與佛家氣功修煉	劉天君著	200 元
20. 顛倒之術	梅自強著	360 元
21. 簡明氣功辭典	吳家駿編	360 元
22. 八卦三合功	張全亮著	230 元
23. 朱砂掌健身養生功	楊永著	250 元
24. 抗老功	陳九鶴著	230 元
25. 意氣按穴排濁自療法	黃啟運編著	250 元
26. 陳式太極拳養生功	陳正雷著	200 元
27. 健身祛病小功法	王培生著	200 元
28. 張式太極混元功	張春銘著	250 元

・社會人智囊・電腦編號 24

1. 糾紛談判術	清水增三著	160 元
2. 創造關鍵術	淺野八郎著	150 元
3. 觀人術	淺野八郎著	180 元
4. 應急詭辯術	廖英迪編著	160 元
5. 天才家學習術	木原武一著	160 元
6. 貓型狗式鑑人術	淺野八郎著	180 元
7. 逆轉運掌握術	淺野八郎著	180 元
8. 人際圓融術	澀谷昌三著	160 元
9. 解讀人心術	淺野八郎著	180 元
10. 與上司水乳交融術	秋元隆司著	180 元
11. 男女心態定律	小田晉著	180 元
12. 幽默說話術	林振輝編著	200 元
13. 人能信賴幾分	淺野八郎著	180 元
14. 我一定能成功	李玉瓊譯	180 元
15. 獻給青年的嘉言	陳蒼杰譯	180 元
16. 知人、知面、知其心	林振輝編著	180 元
17. 塑造堅強的個性	坂上肇著	180 元
18. 為自己而活	佐藤綾子著	180 元
19. 未來十年與愉快生活有約	船井幸雄著	180 元
20. 超級銷售話術	杜秀卿譯	180 元
21. 感性培育術	黃靜香編著	180 元
22. 公司新鮮人的禮儀規範	蔡媛惠譯	180 元
23. 傑出職員鍛鍊術	佐佐木正著	180 元
24. 面談獲勝戰略	李芳黛譯	180 元
25. 金玉良言撼人心	森純大著	180 元
26. 男女幽默趣典	劉華亭編著	180 元

27. 機智說話術	劉華亭編著	180元
28. 心理諮商室	柯素娥譯	180元
29. 如何在公司崢嶸頭角	佐佐木正著	180元
30. 機智應對術	李玉瓊編著	200元
31. 克服低潮良方	坂野雄二著	180元
32. 智慧型說話技巧	沈永嘉編著	180元
33. 記憶力、集中力增進術	廖松濤編著	180元
34. 女職員培育術	林慶旺編著	180元
35. 自我介紹與社交禮儀	柯素娥編著	180元
36. 積極生活創幸福	田中真澄著	180元
37. 妙點子超構想	多湖輝著	180元
38. 說NO的技巧	廖玉山編著	180元
39. 一流說服力	李玉瓊編著	180元
40. 般若心經成功哲學	陳鴻蘭編著	180元
41. 訪問推銷術	黃靜香編著	180元
42. 男性成功秘訣	陳蒼杰編著	180元
43. 笑容、人際智商	宮川澄子著	180元
44. 多湖輝的構想工作室	多湖輝著	200元
45. 名人名語啟示錄	喬家楓著	180元
46. 口才必勝術	黃柏松編著	220元
47. 能言善道的說話術	章智冠編著	180元
48. 改變人心成為贏家	多湖輝著	200元
49. 說服的ＩＱ	沈永嘉譯	200元
50. 提升腦力超速讀術	齊藤英治著	200元
51. 操控對手百戰百勝	多湖輝著	200元

・精 選 系 列・電腦編號25

1. 毛澤東與鄧小平	渡邊利夫等著	280元
2. 中國大崩裂	江戶介雄著	180元
3. 台灣・亞洲奇蹟	上村幸治著	220元
4. 7-ELEVEN高盈收策略	國友隆一著	180元
5. 台灣獨立（新・中國日本戰爭一）	森詠著	200元
6. 迷失中國的末路	江戶雄介著	220元
7. 2000年5月全世界毀滅	紫藤甲子男著	180元
8. 失去鄧小平的中國	小島朋之著	220元
9. 世界史爭議性異人傳	桐生操著	200元
10. 淨化心靈享人生	松濤弘道著	220元
11. 人生心情診斷	賴藤和寬著	220元
12. 中美大決戰	檜山良昭著	220元
13. 黃昏帝國美國	莊雯琳譯	220元
14. 兩岸衝突（新・中國日本戰爭二）	森詠著	220元
15. 封鎖台灣（新・中國日本戰爭三）	森詠著	220元
16. 中國分裂（新・中國日本戰爭四）	森詠著	220元

17. 由女變男的我　虎井正衛著　200元
18. 佛學的安心立命　松濤弘道著　220元
19. 世界喪禮大觀　松濤弘道著　280元
20. 中國內戰（新・中國日本戰爭五）　森詠著　220元
21. 台灣內亂（新・中國日本戰爭六）　森詠著　220元
22. 琉球戰爭①（新・中國日本戰爭七）　森詠著　220元
23. 琉球戰爭②（新・中國日本戰爭八）　森詠著　220元

・運 動 遊 戲・電腦編號 26

1. 雙人運動　李玉瓊譯　160元
2. 愉快的跳繩運動　廖玉山譯　180元
3. 運動會項目精選　王佑京譯　150元
4. 肋木運動　廖玉山譯　150元
5. 測力運動　王佑宗譯　150元
6. 游泳入門　唐桂萍編著　200元

・休 閒 娛 樂・電腦編號 27

1. 海水魚飼養法　田中智浩著　300元
2. 金魚飼養法　曾雪玫譯　250元
3. 熱門海水魚　毛利匡明著　480元
4. 愛犬的教養與訓練　池田好雄著　250元
5. 狗教養與疾病　杉浦哲著　220元
6. 小動物養育技巧　三上昇著　300元
7. 水草選擇、培育、消遣　安齊裕司著　300元
8. 四季釣魚法　釣朋會著　200元
9. 簡易釣魚入門　張果馨譯　200元
10. 防波堤釣入門　張果馨譯　220元
20. 園藝植物管理　船越亮二著　220元
40. 撲克牌遊戲與贏牌秘訣　林振輝編著　180元
41. 撲克牌魔術、算命、遊戲　林振輝編著　180元
42. 撲克占卜入門　王家成編著　180元
50. 兩性幽默　幽默選集編輯組　180元
51. 異色幽默　幽默選集編輯組　180元

・銀髮族智慧學・電腦編號 28

1. 銀髮六十樂逍遙　多湖輝著　170元
2. 人生六十反年輕　多湖輝著　170元
3. 六十歲的決斷　多湖輝著　170元
4. 銀髮族健身指南　孫瑞台編著　250元
5. 退休後的夫妻健康生活　施聖茹譯　200元

・飲食保健・電腦編號 29

1.	自己製作健康茶	大海淳著	220 元
2.	好吃、具藥效茶料理	德永睦子著	220 元
3.	改善慢性病健康藥草茶	吳秋嬌譯	200 元
4.	藥酒與健康果菜汁	成玉編著	250 元
5.	家庭保健養生湯	馬汴梁編著	220 元
6.	降低膽固醇的飲食	早川和志著	200 元
7.	女性癌症的飲食	女子營養大學	280 元
8.	痛風者的飲食	女子營養大學	280 元
9.	貧血者的飲食	女子營養大學	280 元
10.	高脂血症者的飲食	女子營養大學	280 元
11.	男性癌症的飲食	女子營養大學	280 元
12.	過敏者的飲食	女子營養大學	280 元
13.	心臟病的飲食	女子營養大學	280 元
14.	滋陰壯陽的飲食	王增著	220 元
15.	胃、十二指腸潰瘍的飲食	勝健一等著	280 元
16.	肥胖者的飲食	雨宮禎子等著	280 元

・家庭醫學保健・電腦編號 30

1.	女性醫學大全	雨森良彥著	380 元
2.	初為人父育兒寶典	小瀧周曹著	220 元
3.	性活力強健法	相建華著	220 元
4.	30 歲以上的懷孕與生產	李芳黛編著	220 元
5.	舒適的女性更年期	野末悅子著	200 元
6.	夫妻前戲的技巧	笠井寬司著	200 元
7.	病理足穴按摩	金慧明著	220 元
8.	爸爸的更年期	河野孝旺著	200 元
9.	橡皮帶健康法	山田晶著	180 元
10.	三十三天健美減肥	相建華等著	180 元
11.	男性健美入門	孫玉祿編著	180 元
12.	強化肝臟秘訣	主婦の友社編	200 元
13.	了解藥物副作用	張果馨譯	200 元
14.	女性醫學小百科	松山榮吉著	200 元
15.	左轉健康法	龜田修等著	200 元
16.	實用天然藥物	鄭炳全編著	260 元
17.	神秘無痛平衡療法	林宗駛著	180 元
18.	膝蓋健康法	張果馨譯	180 元
19.	針灸治百病	葛書翰著	250 元
20.	異位性皮膚炎治癒法	吳秋嬌譯	220 元
21.	禿髮白髮預防與治療	陳炳崑編著	180 元
22.	埃及皇宮菜健康法	飯森薰著	200 元

23. 肝臟病安心治療	上野幸久著	220 元
24. 耳穴治百病	陳抗美等著	250 元
25. 高效果指壓法	五十嵐康彥著	200 元
26. 瘦水、胖水	鈴木園子著	200 元
27. 手針新療法	朱振華著	200 元
28. 香港腳預防與治療	劉小惠譯	250 元
29. 智慧飲食吃出健康	柯富陽編著	200 元
30. 牙齒保健法	廖玉山編著	200 元
31. 恢復元氣養生食	張果馨譯	200 元
32. 特效推拿按摩術	李玉田著	200 元
33. 一週一次健康法	若狹真著	200 元
34. 家常科學膳食	大塚滋著	220 元
35. 夫妻們關心的男性不孕	原利夫著	220 元
36. 自我瘦身美容	馬野詠子著	200 元
37. 魔法姿勢益健康	五十嵐康彥著	200 元
38. 眼病錘療法	馬栩周著	200 元
39. 預防骨質疏鬆症	藤田拓男著	200 元
40. 骨質增生效驗方	李吉茂編著	250 元
41. 蕺菜健康法	小林正夫著	200 元
42. 赧於啟齒的男性煩惱	增田豐著	220 元
43. 簡易自我健康檢查	稻葉允著	250 元
44. 實用花草健康法	友田純子著	200 元
45. 神奇的手掌療法	日比野喬著	230 元
46. 家庭式三大穴道療法	刑部忠和著	200 元
47. 子宮癌、卵巢癌	岡島弘幸著	220 元
48. 糖尿病機能性食品	劉雪卿編著	220 元
49. 奇蹟活現經脈美容法	林振輝編譯	200 元
50. Super SEX	秋好憲一著	220 元
51. 了解避孕丸	林玉佩譯	200 元
52. 有趣的遺傳學	蕭京凌編著	200 元
53. 強身健腦手指運動	羅群等著	250 元
54. 小周天健康法	莊雯琳譯	200 元
55. 中西醫結合醫療	陳蒼杰譯	200 元
56. 沐浴健康法	楊鴻儒譯	200 元
57. 節食瘦身秘訣	張芷欣編著	200 元

・超經營新智慧・電腦編號 31

1. 躍動的國家越南	林雅倩譯	250 元
2. 甦醒的小龍菲律賓	林雅倩譯	220 元
3. 中國的危機與商機	中江要介著	250 元
4. 在印度的成功智慧	山內利男著	220 元
5. 7-ELEVEN 大革命	村上豐道著	200 元
6. 業務員成功秘方	呂育清編著	200 元

7. 在亞洲成功的智慧　鈴木讓二著　220元
8. 圖解活用經營管理　山際有文著　220元
9. 速效行銷學　江尻弘著　220元

・親子系列・電腦編號 32

1. 如何使孩子出人頭地　多湖輝著　200元
2. 心靈啟蒙教育　多湖輝著　280元

・雅致系列・電腦編號 33

1. 健康食譜春冬篇　丸元淑生著　200元
2. 健康食譜夏秋篇　丸元淑生著　200元
3. 純正家庭料理　陳建民等著　200元
4. 家庭四川菜　陳建民著　200元
5. 醫食同源健康美食　郭長聚著　200元
6. 家族健康食譜　東畑朝子著　200元

・美術系列・電腦編號 34

1. 可愛插畫集　鉛筆等著　220元
2. 人物插畫集　鉛筆等著　220元

・心 靈 雅 集・電腦編號 00

1. 禪言佛語看人生　松濤弘道著　180元
2. 禪密教的奧秘　葉逯謙譯　120元
3. 觀音大法力　田口日勝著　120元
4. 觀音法力的大功德　田口日勝著　120元
5. 達摩禪 106 智慧　劉華亭編譯　220元
6. 有趣的佛教研究　葉逯謙編譯　170元
7. 夢的開運法　蕭京凌譯　180元
8. 禪學智慧　柯素娥編譯　130元
9. 女性佛教入門　許俐萍譯　110元
10. 佛像小百科　心靈雅集編譯組　130元
11. 佛教小百科趣談　心靈雅集編譯組　120元
12. 佛教小百科漫談　心靈雅集編譯組　150元
13. 佛教知識小百科　心靈雅集編譯組　150元
14. 佛學名言智慧　松濤弘道著　220元
15. 釋迦名言智慧　松濤弘道著　220元
16. 活人禪　平田精耕著　120元
17. 坐禪入門　柯素娥編譯　150元
18. 現代禪悟　柯素娥編譯　130元

19. 道元禪師語錄	心靈雅集編譯組	130 元
20. 佛學經典指南	心靈雅集編譯組	130 元
21. 何謂「生」阿含經	心靈雅集編譯組	150 元
22. 一切皆空　般若心經	心靈雅集編譯組	180 元
23. 超越迷惘　法句經	心靈雅集編譯組	130 元
24. 開拓宇宙觀　華嚴經	心靈雅集編譯組	180 元
25. 真實之道　法華經	心靈雅集編譯組	130 元
26. 自由自在　涅槃經	心靈雅集編譯組	130 元
27. 沈默的教示　維摩經	心靈雅集編譯組	150 元
28. 開通心眼　佛語佛戒	心靈雅集編譯組	130 元
29. 揭秘寶庫　密教經典	心靈雅集編譯組	180 元
30. 坐禪與養生	廖松濤譯	110 元
31. 釋尊十戒	柯素娥編譯	120 元
32. 佛法與神通	劉欣如編著	120 元
33. 悟（正法眼藏的世界）	柯素娥編譯	120 元
34. 只管打坐	劉欣如編著	120 元
35. 喬答摩・佛陀傳	劉欣如編著	120 元
36. 唐玄奘留學記	劉欣如編著	120 元
37. 佛教的人生觀	劉欣如編譯	110 元
38. 無門關(上卷)	心靈雅集編譯組	150 元
39. 無門關(下卷)	心靈雅集編譯組	150 元
40. 業的思想	劉欣如編著	130 元
41. 佛法難學嗎	劉欣如著	140 元
42. 佛法實用嗎	劉欣如著	140 元
43. 佛法殊勝嗎	劉欣如著	140 元
44. 因果報應法則	李常傳編	180 元
45. 佛教醫學的奧秘	劉欣如編著	150 元
46. 紅塵絕唱	海　若著	130 元
47. 佛教生活風情	洪丕謨、姜玉珍著	220 元
48. 行住坐臥有佛法	劉欣如著	160 元
49. 起心動念是佛法	劉欣如著	160 元
50. 四字禪語	曹洞宗青年會	200 元
51. 妙法蓮華經	劉欣如編著	160 元
52. 根本佛教與大乘佛教	葉作森編	180 元
53. 大乘佛經	定方晟著	180 元
54. 須彌山與極樂世界	定方晟著	180 元
55. 阿闍世的悟道	定方晟著	180 元
56. 金剛經的生活智慧	劉欣如著	180 元
57. 佛教與儒教	劉欣如編譯	180 元
58. 佛教史入門	劉欣如編譯	180 元
59. 印度佛教思想史	劉欣如編譯	200 元
60. 佛教與女姓	劉欣如編譯	180 元
61. 禪與人生	洪丕謨主編	260 元
62. 領悟佛經的智慧	劉欣如著	200 元

・經 營 管 理・電腦編號 01

◎	創新經營管理六十六大計(精)	蔡弘文編	780 元
1.	如何獲取生意情報	蘇燕謀譯	110 元
2.	經濟常識問答	蘇燕謀譯	130 元
4.	台灣商戰風雲錄	陳中雄著	120 元
5.	推銷大王秘錄	原一平著	180 元
6.	新創意・賺大錢	王家成譯	90 元
7.	工廠管理新手法	琪　輝著	120 元
10.	美國實業 24 小時	柯順隆譯	80 元
11.	撼動人心的推銷法	原一平著	150 元
12.	高竿經營法	蔡弘文編	120 元
13.	如何掌握顧客	柯順隆譯	150 元
17.	一流的管理	蔡弘文編	150 元
18.	外國人看中韓經濟	劉華亭譯	150 元
20.	突破商場人際學	林振輝編著	90 元
22.	如何使女人打開錢包	林振輝編著	100 元
24.	小公司經營策略	王嘉誠著	160 元
25.	成功的會議技巧	鐘文訓編譯	100 元
26.	新時代老闆學	黃柏松編著	100 元
27.	如何創造商場智囊團	林振輝編譯	150 元
28.	十分鐘推銷術	林振輝編譯	180 元
29.	五分鐘育才	黃柏松編譯	100 元
33.	自我經濟學	廖松濤編譯	100 元
34.	一流的經營	陶田生編著	120 元
35.	女性職員管理術	王昭國編譯	120 元
36.	ＩＢＭ的人事管理	鐘文訓編譯	150 元
37.	現代電腦常識	王昭國編譯	150 元
38.	電腦管理的危機	鐘文訓編譯	120 元
39.	如何發揮廣告效果	王昭國編譯	150 元
40.	最新管理技巧	王昭國編譯	150 元
41.	一流推銷術	廖松濤編譯	150 元
42.	包裝與促銷技巧	王昭國編譯	130 元
43.	企業王國指揮塔	松下幸之助著	120 元
44.	企業精銳兵團	松下幸之助著	120 元
45.	企業人事管理	松下幸之助著	100 元
46.	華僑經商致富術	廖松濤編譯	130 元
47.	豐田式銷售技巧	廖松濤編譯	180 元
48.	如何掌握銷售技巧	王昭國編著	130 元
50.	洞燭機先的經營	鐘文訓編譯	150 元
52.	新世紀的服務業	鐘文訓編譯	100 元
53.	成功的領導者	廖松濤編譯	120 元
54.	女推銷員成功術	李玉瓊編譯	130 元

55. ＩＢＭ人才培育術	鐘文訓編譯	100元
56. 企業人自我突破法	黃琪輝編著	150元
58. 財富開發術	蔡弘文編著	130元
59. 成功的店舖設計	鐘文訓編著	150元
61. 企管回春法	蔡弘文編著	130元
62. 小企業經營指南	鐘文訓編譯	100元
63. 商場致勝名言	鐘文訓編譯	150元
64. 迎接商業新時代	廖松濤編譯	100元
66. 新手股票投資入門	何朝乾編著	200元
67. 上揚股與下跌股	何朝乾編譯	180元
68. 股票速成學	何朝乾編譯	200元
69. 理財與股票投資策略	黃俊豪編著	180元
70. 黃金投資策略	黃俊豪編著	180元
71. 厚黑管理學	廖松濤編譯	180元
72. 股市致勝格言	呂梅莎編譯	180元
73. 透視西武集團	林谷燁編譯	150元
76. 巡迴行銷術	陳蒼杰譯	150元
77. 推銷的魔術	王嘉誠譯	120元
78. 60秒指導部屬	周蓮芬編譯	150元
79. 精銳女推銷員特訓	李玉瓊編譯	130元
80. 企劃、提案、報告圖表的技巧	鄭汶譯	180元
81. 海外不動產投資	許達守編譯	150元
82. 八百伴的世界策略	李玉瓊譯	150元
83. 服務業品質管理	吳宜芬譯	180元
84. 零庫存銷售	黃東謙編譯	150元
85. 三分鐘推銷管理	劉名揚編譯	150元
86. 推銷大王奮鬥史	原一平著	150元
87. 豐田汽車的生產管理	林谷燁編譯	150元

・成　功　寶　庫・電腦編號 02

1. 上班族交際術	江森滋著	100元
2. 拍馬屁訣竅	廖玉山編譯	110元
4. 聽話的藝術	歐陽輝編譯	110元
9. 求職轉業成功術	陳義編著	110元
10. 上班族禮儀	廖玉山編著	120元
11. 接近心理學	李玉瓊編著	100元
12. 創造自信的新人生	廖松濤編著	120元
15. 神奇瞬間瞑想法	廖松濤編譯	100元
16. 人生成功之鑰	楊意苓編著	150元
19. 給企業人的諍言	鐘文訓編著	120元
20. 企業家自律訓練法	陳義編譯	100元
21. 上班族妖怪學	廖松濤編著	100元
22. 猶太人縱橫世界的奇蹟	孟佑政編著	110元

國家圖書館出版品預行編目資料

偵探推理遊戲／小毛驢編譯 --初版 --臺北市：大展，民82
面； 公分 --（青春天地；33）
ISBN 957-557-405-2（平裝）

861.6 82007999

偵探推理遊戲

ISBN 957-557-405-2

編譯者／小 毛 驢
發行人／蔡 森 明
出版者／大展出版社有限公司
社 址／台北市北投區（石牌）致遠一路2段12巷1號
電 話／(02) 28236031・28236033
傳 真／(02) 28272069
郵政劃撥／01669551
登記證／局版臺業字第2171號
承印者／國順圖書印刷公司
裝 訂／嶸興裝訂有限公司
排版者／千兵企業有限公司
初版1刷／1993年（民82年） 10月
初版2刷／1999年（民88年） 11月

定 價／180元

大展好書 好書大展

大展好書 好書大展